사이비 似而非 2

休軒涉筆

사이비 似而非 2

고전독작가 간호윤

머리말

연암 선생은 이렇게 말했다.

"남을 아프게도 가렵게도 못하고, 구절마다 쓸데없이 노닥거리기만 하고 이런들 저런들 흐리터분 한다면 이런 글을 장차 어디에 쓰겠는가(言不痛不癢 句節汗漫優柔不斷 將焉用哉)?"(박종채, 『과정록』) 하였다.

글쓰기는 내 마음의 치료제요, 해원(解寃)의 도구이다. 자음과 모음이 내 마음속의 저러 이러한 괴로움과 즐거움을 족집게처럼 짚어내 내 순간과 일상의 몰입을 적바림할 때면, 글은 내 속을 알아주는 나의 가장 친한 벗이요, 가장 무한한 고독을 치료하는 의사요, 가장 절대자다. 이럴 때 내 서재 휴휴헌은 하나의 장쾌(壯快)한 우주가 된다.

허나 늘 이런 것이 아니다. 고백하건대 가슴속에 분명 바글바글 대는 그 무엇이 시궁창 거품처럼 들끓어도 글이 겉도는 경우도 있다. 엊그제까지 동심협력하던 글자들이 그렇게 냉정하고 비정할 수 없다. 나를 데면데면 보는 게 내 생각과 잡동사니는 등가교환 대상에 지나지 않는다. 이럴 때면 글은 비참이요, 우울이요, 폭력이요, 악다구니를 억세게 퍼붓는 게 열흘 장맛비보다도 흉하다. 이럴 때면 내 휴휴헌은 그야말로 정녕, 짜장 난장판이다. 생각은 현실이란 코르셋에 갇혀있고 사고는 미래라는 미늘에 걸렸다. 자음족과 모음족 사생아인 기기묘묘하게 생겨먹은 책벌레들이 쏴! 쏟아져 나와 물고 뜯는다.

외주(外注) 준 인생은 망자(亡者)의 미래이다.

갈(喝)!

이 모두 글 공덕 모자란 소치 아니런가. 그럼 몸 공덕이라도 하자. 품이라도 팔아보자. 들메끈 조여 매듯, 옷섶 여민다. 내 '댕돌같은 글'은 못쓸지라도 '맹물에 조약돌 삶은 글'만은 쓰지 말자.

2019년 3월 12일 휴휴헌에서

간호윤

목차

4. 책을 읽다

5. 새는 날고 물고기는 헤엄치며 인간은 달린다

6. 그적그적

1. 연암 선생과 대화를 나누다

맏 누님 증(贈) 정부인(貞夫人) 박씨 묘지명

유인(孺人)의 휘(諱)는 아무요 반남 박씨이다. 그 아우 지원(趾源)* 중미(仲美 연암의 자)가 다음과 같이 기록한다.

유인은 16세에 덕수(德水) 이택모(李宅模) 백규(伯揆)에게 출가하여 1녀 2남을 두었으며 신묘년(1771, 영조 47) 9월 초하룻날에 돌아갔다. 향년은 43세이다. 남편의 선산이 아곡(鵶谷)에 있었으므로 장차 그곳 경좌(庚坐)의 묘역에 장사하게 되었다.

백규가 어진 아내를 잃고 난 뒤 가난하여 살아갈 방도가 없게 되자, 그 어린것들과 여종 하나와 크고 작은 솥과 상자 등속을 끌고 배를 타고 협곡으로 들어갈 양으로 상여와 함께 출발하였다. 중미는 새벽에 두포(斗浦)의 배 안에서 송별하고, 통곡한 뒤 돌아왔다.

아, 슬프다! 누님이 갓 시집가서 새벽에 단장하던 일이 어제런 듯하다. 나는 그때 막 여덟 살이었는데 응석스럽게 누워 말처럼 뒹굴면서 신랑의 말투를 흉내 내어 더듬거리며 정중하게 말을 했더니, 누님이

* 연암(燕巖) 박지원(朴趾源, 1737~1805)

그만 수줍어서 빗을 떨어뜨려 내 이마를 건드렸다. 나는 성을 내어 울며 먹물을 분가루에 섞고 거울에 침을 뱉어 댔다. 누님은 옥압(玉鴨)과 금봉(金蜂)을 꺼내 주며 울음을 그치도록 달랬었는데, 그때로부터 지금 스물여덟 해가 되었구나!

강가에 말을 멈추어 세우고 멀리 바라보니 붉은 명정이 휘날리고 돛 그림자가 너울거리다가, 기슭을 돌아가고 나무에 가리게 되자 다시는 보이지 않는데, 강가의 먼 산들은 검푸르러 쪽 찐 머리 같고, 강물 빛은 거울 같고, 새벽달은 고운 눈썹 같았다.

눈물을 흘리며 누님이 빗을 떨어뜨렸던 일을 생각하니, 유독 어렸을 적 일은 역력할뿐더러 또한 즐거움도 많았고 세월도 더디더니, 중년에 들어서는 노상 우환에 시달리고 가난을 걱정하다가 꿈속처럼 훌쩍 지나갔으니 남매가 되어 지냈던 날들은 또 어찌 그리도 촉박했던고!

떠나는 자 정녕히 다시 온다 다짐해도	去者丁寧留後期
보내는 자 눈물로 여전히 옷을 적실 텐데	猶令送者淚沾衣
조각배 이제 가면 어느제 돌아오나	扁舟從此何時返
보내는 자 헛되이 언덕 위로 돌아가네	送者徒然岸上歸

—한국고전번역원, 신호열·김명호 공역(2004)

『연암집』 제2권 연상각선본(煙湘閣選本)에 실린 연암의 글이다. 이 글을 두고 간서치(看書痴) 이덕무(李德懋, 1741~1793)는 통곡하고 싶다며 "아주 작은 겨자씨 안에 수미산을 품고 있는 형국(是芥子納須彌)"이라고 하였다. 수미산(須彌山)은 불교에서 언급하는 상상 속의 성스런 산이다. 바다 밑으로 8만 유순,* 바다 위로 8만 유순, 도합 16만 유순의 높이라고 한다.

나름 국문학 공부의 길로 들어선 지도 40년이 되어 간다. 언제쯤 간서치 선생처럼 글 보는 안목이 트일지, 참 통곡하고 싶다.

* 산스크리트어, 팔리어 yojana의 음사. 고대 인도의 거리의 단위로, 실제 거리는 명확하지 않지만 보통 약 8km로 간주함. 『시공 불교사전』.

문득, 연암 선생이 그리워

오늘날, 대한민국은 소수만이 자본주의와 자유민주주의 온갖 혜택을 독점하고 있다. 이는 부정할 수 없는 사실이며, 명백한 진리이다. 저 특권집단만이 불로소득의 향연으로 폭식하고 주체할 수 없는 권리를 누린다. 이는 이 나라에서 살아가는 모든 이들이 향유해야 할 권리에서 갈취한 장물(贓物)이다.

질문을 해본다.

연암의 시대로부터 지금까지, 우리 사회는 과연 무엇이 바뀌었을까? 왕권사회에서 민주사회로 정치체제만 바뀐 것에 불과하지 않은가? 왜 일반 대중은 이 대한민국에서 존엄한 인간으로서 삶을 영위하지 못하는가? 우리는 무엇을 사유하며 사는가? 아니 사유라는 것을 하는가? 연암의 글에 보이는 부정적 사유, 체제변혁, 비판의식, 고발정신은 이 시대 우리에게 무엇을 전해주는가?

문득, 연암 선생 같은 이가 그립다.

연암 선생에게 묻습니다

"아무나 시인이 못된다."
어느 시인의 말입니다.

'아무나만' 시인이 된다는 말이지요.
또 '아무나는' 시인이 못 된다는 말이기도 합니다.
'아무나만' 시인이 되고 '아무나는' 시인이 못 된다는 단정입니다
내가 '아무나'인 것은 아는데 '아무나만'인지 '아무나는'인지는 잘 모르겠습니다.

그래, 묻습니다.
나는 '아무나만'인가요? '아무나는'인가요? 아니면 그냥 '아무나'인가요?

도대체 이런 분이 대한민국 야당 수장

전 정당인이 아닙니다.

그러나 대한민국 국민이기에 당당히 이 나라 정치에 대해 말할 자격이 있습니다. 도대체 이런 분이 대한민국 야당 수장이라는 게, 국민을 먹추로 아나 봅니다. 오로지 나라는 없고 제 안위만 있습니다.

미안하지만 조·중·동 언론도 이만 폐사(斃死)해야 한다고 생각합니다. 저들에게 국민은 없습니다. '펜이 칼보다 강하다'는 언론인으로서의 자긍심은 저들에게 찾지 못합니다. 있다면 '정언유착'으로 자신들의 언론을 권력화하려는 것입니다.

반만 년 역사, 이 문재인 정권에서 민주주의를 못 이루면 우리나라의 미래는 없다고 생각합니다(적어도 제 생전에는).

아래는 어느 신문 글입니다.

홍준표 자유한국당 대표는 20일 '민주당원 댓글조작' 의혹에 문재인 대통령의 복심으로 불리는 김경수 더불어민주당 의원이 연루된 것을 두고 "역대 정권의 몰락 과정을 보면 문재인 정권의 몰락 과정은 참 빨리 왔다"고….

『개를 키우지 마라』 개정판을 내며

13년 전 낸 책이다. 이제 전면 개정판을 내려 교정을 한다. '에필로그'에 이런 글이 보인다.

그때도 그랬었나보다. 글쓰기가 꽤나 곤욕스러웠나보다.

'언제쯤 영근 글을 쓸 수 있을까?'—, 까무룩 개잠이 들었다.

'나비날개처럼 하르르한 종이와 파리 대가리만한 글씨(紙如蝶翅 字如蠅頭)'가 보였다.

설화지(雪花紙)가 사정없이 나를 둘둘 말고 (…중략…) 활자판들이 날아다니며 쳐댔다. 무조건 뛰었다. 그런데 조금도 발걸음을 뗄 수가 없다. 어느새 커다란 벼랑의 꼭대기에 섰고 밑은 보이지 않았다. 아—.

꿈이었다.

6살 때 꾸던 꿈을 나는 지금도 꾼다.

『과정록』(권4)을 보면 연암은 저술하는 데 있어 네 가지의 어려움이 따른다고 하였다.

무릇 글을 짓는 데에는 네 가지 어려움이 있다. 학문은 근본을 갖추기 어렵고 공정하고 밝은 안목 갖추기 어렵고 자료 총괄하는 것을 갖추기 어렵고 일정한 규칙을 지키면서 야무지게 결정하여 처리하는 것을 갖추기 어렵다. 이것이 이른바 '재주, 학문과 식견 가운데 하나라도 빠질 수 없다'는 것이니 이 때문에 저술하는 재주는 참으로 얻기 어렵다.

大凡著書家有四難 有本領學問難 有公明眼目難 有包擧力劘難 有裁制剛斷難 此所謂才學與識 闕一不可 以此而論著書之才 實難得也.

연암의 글에 비친 나를 본다.
아아. 향원(鄕原, 사이비)은 아니 되어야 하겠다.
그래도 또 나는 꿈을 꾼다.
오늘도 또 혼몽(昏懜) 속에서 곡두의 환영(幻影)을 좇는다.
…………….
새파란 마음을 숫돌에 놓아 파랗게 벼린다.
날선 검으로 마음을 베어 파란 물이 뚝!뚝! 흘렀으면 한다.

아들네를 다녀오며

“잘 있으렴. 행복해야 한다.”

무슨 기도문이라도 외우는 심정으로 중얼거렸습니다. 아들 녀석은 자그마한 며늘아기와 그만큼이나 자그마한 차 문을 내리고 “안녕히 올라가세요.” 손을 흔들었습니다. 대구에서 신접살림을 차린 아들집은 잘 정돈되어 있었습니다. 며늘아기의 성품처럼 소박한 신혼집이었습니다.

전 작년부터 초보 시아버지가 되었습니다.

아들 내외도 장인, 장모, 시아버님, 시어머님이란 명칭이 어색한 것은 저와 동일하리라 생각합니다. 또 동일한 게 있다면 이 세상을 저처럼 살아내야 할 겁니다. 물려 준 재주라고는 그저 세끼 밥 먹는 성실함 정도가 전부이니 말입니다.

그런데, 왜 그런지 자꾸만 자꾸만 눈물이 나는 이유를 모르겠습니다. 아마도 여름이라 그런가 봅니다.

연암 박지원 소설집

『연암 박지원 소설집』 개정판이 나왔습니다.

아래는 '출판사 서평'입니다.

18세기는 조선 사회가 격변의 소용돌이 속으로 빠져들던 시기다. 당시에는 완고한 봉건적 신분제 사회의 모순에서 비롯된 내부의 피로도가 임계점에 육박했고, 왜란과 호란을 계기로 국가 위기에 적절히 대응하지 못하는 지도층의 무능력과 당파주의에 대한 의구심과 냉소가 분출되었으며, 서구의 사상과 문물을 접하게 되면서 기존의 유교 질서에 균열이 가기 시작한 시기였다. 그리하여 지식인 사회에서는 유교 경전 중심의 사유체계에 도전하고 주체적이며 자주적으로 사회의 문제를 재해석하려는 일련의 움직임들이 태동했는데 바로 그 중심에 연암 박지원과 다산 정약용이 있었다.

다산과 연암은 여러 면에서 서로 비교-대조되는 존재다. 그 둘은 조선 후기의 지식인상을 보여주는 상징적 인물이라는 점에서뿐 아니라 그들의 문제의식, 글쓰기 방식과 문체적 특징, 궁극적 목적이 날카로운 대조를 이룬다는 점에서도 문제의 인물임이 분명하다. 다산 정약용이 혼란과 도탄에 빠진 조선 사회를 유교적 이상과 질서에 따라 재구성하려는 문제의식을 가지고 실사구시적인 논리를 펼쳤다면 연암 박지원은 조선 사회의 음습한 부분들을 해학과 풍자, 조롱과 꾸짖음 등의 양식을 통해 비판적으로 성찰하는 글을 다수 남겼다. 따라서 기존의 유교 사상과 질서에 충실했던 정조가 당시 사대부들의 문풍을 어지럽힌 배후로 박지원을 지목하며 "근자에 문풍이 이렇게 된 것은 모두 박지원의 죄다"라 한 것도 무리가 아니었다.

박지원의 글은 도발적이며 전복적이다. 그는 조선 사회의 허구성과 위선을 까발리고 고발하되 해학과 유머를 잃지 않으면서 그렇게 한다. 동시에 그는 이 과정에서 참된 사회, 참된 인간존재가 무엇인지를 끊임없이 되묻는다. 그리하여 그의 글은 단순히 기성사회를 붕괴시키고 해체하는 것에 목적을 두지 않고, 더 나아가 모든 사람이 성과 신분에 종속되지 않고 참 인간답게 행복하게 살아갈 수 있는 이상적 사회가 무엇인지를 고민하도록 재촉한다. 이를 위하여 그는 한 곳에 고정된 정주형 인간이 아니라 여러 곳을 방랑하고 여행하며 다양한 견문을 배우고 성찰하는 유목형 인간으로서 지식인의 배움의 도를 풀어내며, 각계각층의 조선인뿐 아니라 외국인, 심지어 자연의 미물에게까지 귀를 기울임으로써 그 폭을 한껏 확장한다. 이 책에 실린 12편의 소설은 연암의 그러한 인품과 문제의식을 잘 드러낼 뿐 아니라, 조선 후기의 문학적 양식을 긴밀히 엿볼 수 있다는 점에서도 사료로서 상당한 가치가 있다. 더욱이 간호윤 박사의 밀도 높은 주해와 감칠맛 나는 언어 선택은 연암 소설의 가치를 현대화하는 데 크게 기여한다.

비록 18세기의 작품이지만 연암의 글은 겉모습만 21세기일 뿐 실상은 여전히 전근대적 사고방식과 풍습에 매여 허우적거리는 오늘 한국 사회의 음험한 지점들을 향해서도 상당한 적실성을 띠고 있을 뿐 아니라 그가 자신의 작품 배면에 '노블리스 오블리쥬'를 강조했다는 점에서 이 땅의 지도층들이 경청하고 가슴에 되새길 내용들이 가득하다.

출판사 서평이 내 글보다 더 낫다.

연암 평전 개정판을 내며

『당신, 연암』 개정판을 낸다. 개정판은 『당신, 연암』의 오류를 바로 잡는 데 그친 것이 아니라 여러 곳을 수정, 산삭, 첨부하였다. 제목도 아예 『연암 평전』으로 바꿨다. 연암 선생 목소리는 더 넣었다.

"선생은 삼교(三教, 유교·불교·도교)에 출입하고 구류(九流, 유가·도가 등 여러 학파)에 통달하였으며 문장에 있어서는 좌씨, 장자, 사마천의 진수를 죄다 얻었다. …… 장강대하가 일사천리로 흘러들어 …… 그가 차지하는 위치는 당·송의 제가 사이에서 한퇴지나 소동파와 같으니 어찌 기이하지 아니한가."(민병석)

"기운은 육합에 차고 재주는 천고에 비할 자 없으며 문장은 족히 만군(萬群)을 압도하겠다."(홍길주)

"예원(藝苑, 문장계)의 이른바 신품(神品)에 해당한다."(김택영)

"문장 중의 신선이다."(심종우)

모두 내로라하는 문장가들이 연암 선생 글을 두고 한 말이다. 우리

소설사를 최초로 정리한 김태준(金台俊, 1905~1950)은 이러한 찬사를 두고 "제우스의 전당에서 신공(神功)을 찬송하는 무리와 무엇이 다를까? 동방에 한자가 수입된 이후 처음 보는 찬사이리라."(『조선소설사』, 학예사, 1939, 172쪽) 하였다.

그러나 이런 연암 선생을 우리는 어떻게 대하는가? '그러나'라는 역접사를 붙여야만 하는 이유를 꼭 조목조목 써 놓아야만 알까? 특히 연암의 글쓰기는 더욱 안타깝다. 선생의 글쓰기 세계는 문장론이며 문학론까지, 그야말로 세계 어느 곳에 내놓아도 통할 정도로 수준 높다. 내 나라 문인, 우리 고전만 챙기자는 국수주의나 전공의 이기가 아니다. 연암 선생이 세계적 문호임을 우리가 몰라준다면 누가 알아주겠느냐는 말이다.

이 글을 쓰는 오늘, 우수(雨水)에 서설(瑞雪)이 내린다. 온 천지가 하얗게 덮였다. "우수 뒤에 얼음같이"라는 속담이 있다. 이는 추위가 슬슬 녹아 없어진다는 뜻이다. 이제 경칩이 지나면 봄기운이 돌고 초목은 싹트리라. 아래는 연암 선생이 열반한 주공 스님을 위해 지은 「주공탑명」을 제자 이덕무가 비평한 글 일부다. 이덕무는 연암 선생을 선생으로 모셨다. 『종북소선』에 실려 있다.

> 껄껄! 저 주공 스님은 과거 물거품이요, 咦彼麈公 過去泡沫
> 이 글을 지은 연암 선생은 지금 물거품이며, 爲此文者 見在泡沫
> 지금으로부터 백천 년 뒤 이 글을 읽는 자네는 미래 물거품일세. 伊今以往 百千歲月 讀此文字 未來泡沫

물거품에 비친 모든 사물은 물거품과 함께 사라진다. 주공 스님도,

연암 선생도, 이 글을 쓴 이덕무도, 미래에서 지금이 되어 이글을 읽는 우리도, 그리고 미래에 이 글을 읽을 자네들도 모두 물거품처럼 사라지게 된다. 물거품이 되기 전에 한번쯤 더 물거품에 비친 나를 쳐다본다.

2019년 2월 19일

우숫날에 휴휴헌에서 휴헌 삼가.

오래된 미래

오래된 미래, 내 전공이다.

난 고전문학으로 내 호구지책을 삼는다. 그래 늘 선인들에게 빚을 지고 산다. 연암 박지원, 간서치 이덕무, …길거리나 사랑방에서 소설 이야기를 해주고 끼니를 챙긴 전기수, 어느 누구하나 맘 편히 산 사람이 없다. 이 이들의 삶과 글을 요령 있게 버무리는 행위를 그럴 듯한 말로 포장하여 '학문(學問)'이라 하지만, 늘 마음이 편치 않은 게 사실이다. '어릿광대 춤 추는 격'으로 맞지 않는 짓을 하는 것은 아닌지. 저 이들의 등짐에 편안히 앉아 내 호구를 책임진다는 사실에 새삼 놀라, 겸연쩍고 절벽 같은 미안함에 소스라치는 것은 아마도 이 때문인 듯하다. 허나 염치없고 미안한들 어쩌랴. 내 깜냥이 고만하고 역증을 내고 발버둥질을 쳐도 내 재주가 이뿐인 것을.

오늘 또 하루를 시작한다.

오늘도 오래된 미래의 묵흔(墨痕)을 아침부터 주섬주섬 챙겨본다. 변변치 못한 눈을 비비며. 연암 선생의 글이 눈에 들어온다. 『연암집』 제4권 『영대정잡영(映帶亭雜咏)』 「증좌소산인(贈左蘇山人)」 일부이다.

눈앞에 보이는 일 참된 흥 게 있거늘	卽事有眞趣
하필이면 먼 옛날을 지키어 가자나	何必遠古抯
한 대와 당 대는 지금이 아니오	漢唐非今世
우리 가요가 중국과 다른 게라	風謠異諸夏
(…중략…)	
새 글자는 만들기 어렵더라도	新字雖難刱
내 생각은 마땅히 다 써야 할 텐데	我臆宜盡寫
어째서 옛 법에만 구속이 되어	奈何拘古法
허겁지겁하기를 붙잡고 매달린 듯 하나	刦刦類係把

『연암집』 제1권 『연상각선본(煙湘閣選本)』「초정집서(楚亭集序)」에 보이는 글귀다. '오래된 것에는 언제나 사금파리 하나쯤은 반짝이는 법이다. 오늘의 삶에 빛을 주는. 찾고 못 찾고는 나에게 달렸다'를 정언명령처럼 왼다.

아! 고전을 배우려는 사람은 옛 자취에만 얽매이는 게 흠집이고 새것을 창조하려는 사람은 고전에 의거하지 않으려는 게 걱정이다. 모름지기 고전을 본받되 변통할 줄 알고 새것을 창조하되 고전에 의거할 줄 알아야만 오늘의 글이 바로 고전과 같은 좋은 글이 될 것이다(噫 法古者 病泥跡 刱新者 患不經 苟能法古而知變 刱新而能典 今之文 猶古之文也 古之人有善讀書者).

가을 하늘은 아침부터 공활하다.

『아! 18세기, 나는 조선인이다: 18세기 실학자들의 삶과 사상』의 '머리말'과 책 말미의 '나가는 말'

새물결출판사에서 8월 15일 출간될 『아 ! 18세기, 나는 조선인이다: 18세기 실학자들의 삶과 사상』의 '머리말'과 책 말미의 '나가는 말'입니다. 꼬박 세 해를 품 팔아 품삯으로 이 책 한 권을 받았습니다. 이익, 우하영, 이중환, 안정복, 이긍익, 한치윤, 홍대용, 이덕무, 백동수, 유득공, 박제가, 이서구, 이옥, 김려, 그리고 이 책을 내는 데 영감을 준 연암 선생 등 열다섯 분, 이 분들이 저술한 『곽우록』, 『시무책』, 『택리지』, 『동사강목』, 『연려실기술』, 『해동역사』, 『의산문답』, 『청장관전서』, 『무예도보통지』, 『이십일도회고시』, 『북학의』, 『척재문집』, 『이언』, 『담정총서』, 『연암집』 등 열다섯 권의 책과 함께한 나날들, '머리말'을 가다듬는 것은, 이제 이 책이 내 손을 떠나 온전히 출판사의 몫으로 넘어간다는 의미입니다. 이제 이 책은 내 삶의 저편으로 갑니다. 난 또 오늘과 내일로 수굿이 걸어가야 할 것입니다. 이 삶을 살아내기 위하여.

〈머리말〉

'나는 조선인인가?'

18세기, 실학은 없었다. 실학은 오로지 저 이들만의 용어였다. 조선의 권력은 아무도 실학을 쓰지 않았다. 그것은 자신들의 권력과 기득권을 탐하려는 불온한 용어로 여겼다. 18세기는 정관사(定冠詞) The!의 세계였다. 정관사는 명사 앞에 붙어서 지시나 한정을 뜻한다. 인간 앞에 '양반'이란 정관사가 붙어야만 인간이던 시절이었다. 양반의, 양반에 의한, 양반을 위한 조선, 18세기 조선은 양반, 그들만의 세계였다. 이 그들만의 세계에서 일부 조선 지식인들이 도발적인 의문을 품었다. 그렇게 혁신은 위기를 품은 변방에서 시작되었다. 저 이들과 저 이들 글은 조선이 위기임을 적시하고 있었다. 중앙에는 아직도 새날을 알리는 미명조차 보이지 않았다. 이 책은 이러한 변방에서 혁신을 외친 저 이들과 저 이들 글을 독해한다.

영·정조시대, 흔히들 문예부흥시대라 하지만 조선은 아직도 중세였다. 어둡고 긴 터널을 통과 중이었다. 조선은 왕 나라였다. 만인지상(萬人之上) 임금과 만인(萬人) 백성만이 존재하고 왕국과 가문 질서만이 삶이었다. 저 이들 글을 통해 본 조선은 정치, 경제, 사회문화 모두 마치 고드름처럼 한 방향으로만 자랐다. 첫새벽부터 일어나 오체투지로 살아가는 조선 백성들로서는 극한 한계상황이었다. 더욱이 관료들은 부패와 무능, 금권만능과 협잡, 지식인은 패거리 문화와 사치 풍조가 만연했다. 조선 지도층은 고약스럽고 폭력적으로 변해버린 18세기 조선식 유학을 숙주로 곳곳에서 악취를 무한 배설했다.

유학은 왕권을 강화하는 취음제, 혹은 향신료이거나 도구적 지식으로 전락했다. 글쓰기는 출세를 위한 중요한 조력자일 뿐이었다. 유학이 지향하는 이상향 대동세계(大同世界)는 중세란 터널에 갇혀버렸다. 조선은 그들만의 이상향으로 빈소리와 헛소리로 먹을 것을 준비해 놓지도 않고 굶주린 백성들에게 식사를 권하는 양반세계(兩班世界)일 뿐이었다.

이러한 국가조선 현안에 '일부 유학자들'이 나섰다. 앞 문장 '일부 유학자들'을 풀이하면 조선 변방에서 근근이 살아가는 가난한 지식인들이었다. 정치를 했더라도 미관말직에 지나지 않았다. 인생역정은 기구하였으며, 가난은 삶 자체였다. 하지만 저 이들은 분명 새로운 유학 지식인 출현이었다. 저 이들의 삶은 '무엇'이 될 것인가가 아닌, '어떻게' 살아가야 하는 것인가에 맞추었다. 그렇게 중세 조선 터널, 저 멀리 미미한 빛이 비쳤다. 그것은 분명 한 방향으로만 자라는 고드름을 녹이기에 충분한 빛의 내비침, 실학이었다.

저 이들, 일부 유학 지식인들은 제 삶을 스스로 통제하였다. 핵심은 신민(臣民)과 문중(門中)이 아닌 '나'였다. 저 이들은 존엄한 조선인 개인으로서 길을 비틀거리며 걸었다. 개개인 삶이 없는 왕권사회에서 저 이들은 '나는 조선인인가?'라는 도발적인 질문에 대한 답을 실행하려 삶을 송두리째 빈천과 바꾸었다.

저 이들에게 학문과 글쓰기는 더 이상 관료가 되기 위한 학문도 성정을 읊조리는 문학도 아니었다. 저 이들은 가난과 멸시의 삶을 글쓰기와 환전하여 학문을 통한 사회개혁을 꿈꾸었다. 개인에서 국가로 학문 영역이 확대됨이요, 성리담론이란 학문 알고리즘에서 실용적 배움이란 패러다임으로 전환이었다. 문자라는 상층문화 전유물이 하층문화를 조망하는 공유물로 전환이기도 했다. 이게 '신조선'이라는 이상향에 대한 '실학'이었다.

이른바 실학, 혹은 북학으로 저 이들은 요동치는 대외적 현실과 영정조 탕평책 속에서 조선을 중세의 터널에서 벗어나게 하려는 빛이 되었다.

탈중화(脫中華), 탈성리학(脫性理學)은 그 시작이었다. 이를 '조선학(朝鮮學)'이라 부르고 싶다. 조선학은 관념화하고 박제된 정신에서 생생이 살아 요동치는 몸으로 전환이었다. 유학은 비정한 정신에서 색성향미촉(色聲香味觸) 오감이 감도는 인간적 몸으로 바뀌기 시작했다. 비정한 유학에서 몸은 정신의 타자일 뿐이었다. 하지만 저 이들 글은 몸이 주체였음을 분명히 했다. 몸은 주체로서, 정적인 문화에서 동적인 문화로 급격히 방향을 틀었다.

저 이들 글은 단순히 읽고 쓰는 게 아니었다. 시각, 청각, 후각, 미각, 촉각 다섯 가지 감각이 모두 작동하는 살아 숨 쉬는, '민족성과 고유성', '인간성과 보편성', '민중성과 현실성'을 아우르는 학문으로서 '실존실학'이었다. 글 줄마다 경세치용이요, 이용후생은 여기서 자연스럽게 나왔다. 글에는 건전한 가치관과 도덕과 정의와 양심을 본밑으로 한 인간주의 샘물이 흘렀다. 좋고 싫음이 아닌 옳고 그름이란 인간중심의 실존실학 논리였다. 실존실학은 바퀴살처럼 사방으로 내뻗치며 조선의 미래를 방사(放射)했다. 저 이들 글은 정치, 경제, 사회문화에 걸쳐 다양하면서도 전문적인 식견과 철학으로 조선 비전을 담았다.

'나는 조선인이다!'

도발적인 질문은 이 일곱 자에 방점을 찍었다. 이게 '조선학'으로 유학 현대성이요, '학(學)'으로서 엄밀성, 즉 논리적 준거이다.

이 책은 그 18세기를 대표하는 15명 지식인들 조선학을 살피고 나아가 이 시대 우리가 나아갈 바를 짚었다. 18세기 저 지식인들 목소리는 오래된 미래요, 이 시대에 지남(指南)으로 작동할 기제(機制)로서 필요충분조건을 갖추고 있다. 이 시절 대한민국 또한 저 시절과 다를 바 없어서다.

이 책은 저 지식인들 집사임을 자임하고 싶다. 충실히 저 이들 글을 이 시절에 내놓고 싶어서다. 저 이들이 내놓은 해묵은 숙제를 이 시절에 하라고. '근대'와 '실학'이라는 말을 다시 생각해 보라는 말이다. 이미 근대는 저 시절에 시작되었고 아직도 실학은 우리가 나아가야 할 길을 알려주는 학문이다. 지금 우리가 추구하려는 사회도 이미 저들이 그려낸 사회였다.

마지막으로 이런 질문을 독자들에게 던진다.

'당신은 한국인인가?'

2017년 7월 28일

〈글을 마치며〉

'운전무이(運轉亡已)'라는 말이 있다. 운전무이란 '우주 만물은 늘 운행 변전하여 잠시도 그치지 않는다'는 뜻이다. 변치 않는 것은 없다. 저 시절, 눈길 받지 못했던 문헌들이 지금은 우리에게 미래를 보여준다. 저 이들의 글을 읽으며 이 시절 '문화창조융합' 운운의 용어를 떠올리니 말이다.

혹 누군가 '우리나라 문화를 세계에 알리려 한다'거나 '우리가 누구인가'라는 정체성을 깨닫고 싶다면 저 이들의 글을 찬찬히 읽어보면 좋겠다. 정치, 경제, 사회, 문화, 심지어 국방이나 산업, 수출까지, 그야말로 전방위에 걸쳐 어느 방면이든 도움을 줄 수 있기 때문이다. 부처님 살 찌우고 안 찌우고는 석수장이 손에 달렸든가. 책의 최종 저자는 독자이기 때문이다.

이 책은 저 이들 글 피륙에 한 땀 정도일 뿐이다. 시원한 바람이 부는 넓은 대청마루에서, 혹은 뜨끈한 온돌방에 몸을 맡기고 쓴 글들이 아니다. 저 이들 글은 하나같이 찌는 듯한 여름엔 홑적삼 바람으로 살을 에는 겨울에는 누더기 옷으로 싸매고, 때론 귀향길 허름한 주막집에서 때론 길가에서 폐포파립 차림으로 철골(徹骨)로 먹을 갈고 마음을 도스르고 붓을 잡아 육필(肉筆)로 한 땀 한 땀 써내려갔다. 그렇게 저 이들이 써놓은 글 피륙은 이 조선을 덮고 세계와 우주까지 언급하고 있다. 모쪼록 이 글이 18세기를 보는 한 창이 되었으면 한다. 그러려면 저 이들처럼, '나는 한국인이다'라는 확고한 신념이 필요하다. 핵심은 사는 게 아니라 '내 길을 내가 사는 것'이다.

우리는 살기 위해 끊임없이 질문을 던진다. 하지만 그 질문은 이미 대부분 사회와 학교가 던진 것을 복습일 뿐이다. 선택지에는 옳다, 그르다 둘 중 하나거나 많아야 5개 중 하나를 찾는다. 부자냐 가난하냐? 맞느냐 틀리냐? 잘 사느냐 못 사느냐? 성공이냐 실패냐? 우리는 지금까지 이런 질문에 답하는 공부를 학문이라 생각했다. 이제는 질문이 옳은지 그른지 부터 생각해 보아야 한다. 나는 과연 존엄한 인간으로서 정중한 대접을 받는가? 내 삶은 도덕적이며 정의롭게 사는가? 이 사회와 세계를 위하여 나는 무엇을 해야 하는가?

옛것이라는 진부한 논리와 선진물물에 대한 사대적 권위와 관습화하고 규격화된 학문의 올무를 벗어나 마음을 열고 저 이들의 글을 보라. 저 이들 글은 건전지 닳은 시계바늘이 아니다. 저 시절과 이 시절은 시간으로는 거리가 확연하지만 글은 이 시절과 충분히 공감할 수 있다. 적대적 공생관계라 한들 한 치도 어그러짐이 없다. 연극 금언 중, '진짜처럼 연기하지 말고 진짜가 되라'는 말이 있다. 저 이들 삶은 저 이들 글이었다. 저 이들이 써 놓은 글에서 혹 숨결을 느낀다면 저 이들은 이 시대 우리가 살아갈 길을 확연히 보여 줄 것이다.

[추신] 글을 쓰는 중, 여러 사람에게 왜 다산(茶山) 정약용(丁若鏞, 1762~1836)을 넣지 않았느냐는 질문을 받았기에 첨언한다. 다산 선생이 500여 권 이상의 저작들을 출간하였는데 왜 넣지 않았느냐는 뜻이다. 선생 저서는 대부분은 1801(순조 1)년 40세 되던 해 강진으로 유배간 뒤에 18년 동안에 이루어졌다.

또 한 가지 이유도 있다. 필자는 이 책의 후속 작으로 『아! 19세기』를 준비 중이다. 19세기에 선생이 없다면 문학사가 너무 앙상할 것 같아서다.

마지막으로 이 책을 만드는 데 영감을 준 이문회우 이윤호 선생님의 쾌차를 빌고 새물결출판사와 글자 한 땀 한 땀을 기워진 편집자 유진님, 그리고 열다섯 분의 전각을 마음으로 발라 숨결을 넣어주신 김내혜 선생님께 정중히 감사의 말씀을 드립니다. 또한 이 책에서 인용한 글들을 번역해 놓으신 모든 선후배, 동학제현께 일일이 찾아뵙고 감사를 표하지 못함을 송구하게 생각합니다. 당신들께서 이 책을 만드신 참 저자들이십니다. 뵐 때마다 감사의 말씀을 드리겠습니다.

* 추신에 써 놓은 대로 독자와 약속을 지키게 되었다. 이 책과 함께 『아 ! 19세기, 나는 조선인이다: 19세기 실학자들의 삶과 사상』 원고도 출판사로 넘어갔다.

2. 영화를 보다

너의 췌장을 먹고 싶어

가끔씩은 아주 가끔씩은, 그런 날이 있다.

원더

베를린 천사의 시

천사가 인간이 된 이유?

인간이 천사에게 양도할 수 없는 권리.

둘이라는 놀라움, 그것은 '남녀 간의 사랑'

〈뉴욕의 가을〉, 그리고 〈사랑에 관한 짧은 필름〉

사랑과 이별, 그리고 시간과 가을.
굳이 힘주어 말하지 않아도 되는 '모든 인연*은 이연**'이란 당위.
"우리에게 미래는 없다"는 대사에서부터 가을이란 계절, 노란 은행

* 인연(因緣, 만날 인연).
** 이연(離緣, 헤어질 인연).

잎이 깔린 광장, 광장을 떠나는 비둘기, 한 해를 마감하는 크리스마스 트리, …가 건네는 이별 이미지들.

절대적인 사랑, 그리고 이미 사랑의 적인 '시간'보다 앞선 '계약된 이별', 이연은 그렇게 예약되어 있었다.

2017년 11월이 간 자리에 12월 마지막 달력이 도착했다.

한 해가 간다.

17년 전, 개봉한 영화.

그때 내 나이도 영화 속 리처드 기어와 엇비슷했다.

"사랑합니다."

"사랑, 그런 건 없어."

"내가 좋은 사람 아니란 거 알잖아."

"상관없어요. 당신을 사랑해요."

"벌써, 알겠지? 그게 사랑의 전부야. 화장실에 가 씻으렴."

사랑하지 않는 육체만 사랑의 전부라 믿는 30대 화가 마그다.

그 마그다를 사랑하는 19살 소년 토메크의 사랑 이야기.

손목을 그은 토메크에게 마그다가 하는 말.

"토메크 네가 옳았어."

'사랑에 관한 짧은 필름'

그냥 그렇게 온 절대적 사랑, 그 박제된 필름.

공범자들

가슴 아픈 10년간 대한민국 실록. 묻고 싶다. 그런데 누가 저들에게 권력을 주었는지를. 바로 나, 우리 아니던가. 나도 우리도 공범자다,

부끄러운 나와 우리 자화상. ………

스튜어트

노숙자 스튜어트(톰 하디 분)의 삶을 되짚어 본 〈스튜어트〉. 스튜어트는 알코올중독자에 수 없는 전과 이력을 지녔고 열차에 뛰어들어 생을 마감한 하류인생이다. 그러나 스튜어트가 이렇게 된 것은 스튜어트 자신이 만든 게 아니었다. 그의 환경이 그렇게 만들었다. 그는 병적인 신체를 지녔으며 어릴 때 형과 친구의 지속적인 성적 학대를 받았다.

스튜어트가 학대에서 벗어나는 일은 폭력뿐이었다. 이 폭력은 감옥으로 이어졌고 결국 인생은 '자살'이란 두 글자로 마쳤다. 스튜어트에게 '자살'은, '지옥 같은 세상'에서 벗어나는 유일한 길이었다.

세계적인 베스트셀러인 재레드 다이아몬드의 『총,균,쇠』 2장은 바로 이 환경을 다루고 있다. 재레드 다이아몬드는 지리적 환경으로 인하여 인간사회가 다르게 변함을 찾아냈다. 바로 모리오리족과 마오리족이다. 이 두 부족은 한 조상(폴리네시아 인종)이었으나 모리오리족은 채텀 제도에 정착하며 수렵 채집민으로 돌아갔다. 채텀 제도는 한랭한 기후를 지닌 작고 외딴 섬이었다. 모리오리족은 이 섬에서 함께 살아가기 위해 남자 신생아의 일부를 거세하여 인구를 줄였고 저장할 땅도 공간도 작았기에 잉여 농산물이 없이 수렵 채집에 의존하며 살았다. 당연히 평화롭고 무기도 없었다. 강한 지도자도 필요치 않았다.

반면 마오리족은 뉴질랜드의 북부에 정착했다. 영토는 컸고 농업에 적합한 환경이었다. 마오리족은 점점 인구가 불어났고 더 큰 이익을 얻기 위해 이웃 집단과 격렬한 전쟁을 벌였다. 잉여 농산물을 저장하였고 수많은 성채도 세웠고 무기는 강했다. 물론 강력한 지도자도 필요했다.

500년 후, 뉴질랜드 북부의 마오리족은 채텀 제도에 사는 모리오리족을 가볍게 점령해 버렸다. 땅의 면적, 고립성, 기후, 생산성, 생태적 자원 등 지리적 환경이 인간의 삶에 영향을 미치는 것을 단적으로 보여주는 예이다.

근대 선각자 최남선(崔南善, 1890~1957) 역시 「실학 경시에서 온 한민족의 후진성」에서 '자급자족이 가능한 생활환경이 우리민족의 평화적이고 낙천적 성격을 만들었다'고 하였다.

나는 지금 어디에 서 있는가? 내 주의의 환경, 세밀히 살펴볼 일이다.

Dog Ville(도그빌)

1930년대 로키산맥 끝자락 작은 마을 '도그빌(Dog Ville)'에 그레이스(니콜키드먼 분(扮))란 연약한 여성이 숨어온다. 마을사람들은 처음엔 의심을 하였지만 이내 그녀가 강한 자에게 쫓기는 약한 존재라는 것을 알아버린다. 마을 사람들은 철저하게 자신에게 맞는 방법으로 그레이스에게 폭력을 행사한다. 그것은 권력이었다. 약함을 미끼로 행사하는 폭력은 노동에서 성까지 다양하다. 마을의 지식인임을 자처하던 톰(폴 베타니 분(扮)) 역시 그녀를 사랑한다지만 마을 사람들과 다를 바 없다. 급기야 사람들은 그레이스의 목에 개 줄까지 매어놓는다.

강함의 폭력과 약함의 괴로움에 관객들이 진저리칠 때쯤 감독은 반전을 준다. 또 하나 권력의 상징인 갱단 우두머리인 그레이스의 아버지가 나타나고 마을은 불타고 사람들은 한 사람만 남기고 모두 사살 당한다.

갱단이 마지막 생존자인 톰을 사살하려는 순간, 그레이스는 마을을 떠나던 차에서 중얼거리며 내린다. "살다 보면 직접 해야 하는 일도 있으니까요." 총을 톰의 머리에 대고 그레이스는 가볍게 방아쇠를 당긴다.

그리고 앤딩 장면에 사라진 개 같은 마을, 도그빌에서 살아남은 단

한 마리 개가 짖는다. "멍!-멍!" 위선, 폭력, 욕망, …… 따위로 살아가는 위선적 인간 세상에 대한 '개소리'이다.

"멍!-멍!"

참 많이도 들었고 많이도 들을 것이다.

우리가 사랑한 시간

단순히 '중년 남성과 딸 나이 어린 여성의 사랑'이라 하기에는 부족하다. 영화 앵글은 평범한 가장이자 고등학교 음악 교사인 키이스(가이 피어스)와 영국에서 온 교환학생 소피(펠리시티 존스)를 중심으로 선율이 흐르는 시간을 따라잡는다.

음악, 두 사람의 시선과 영감의 교감은 바로 이 선율이 흐르는 음악이었다. 소피가 치는 피아노 선율에 평범한 가장 키이스는 한 사람의 남성이 된다. 키이스는 가정을 위해 자신이 접었던 음악가로서의 꿈을 소피를 통해 다시 보고 소피 역시 자신의 음악을 알아주는 키이스를 받아들인다.

누구나 그렇듯, 음악(사랑)이 노크하면 마음은 문을 열 수밖에 없다. 몽환적인 선율이 흐르는 시간, 둘은 교감하고 몸을 맡긴다.

하지만, 둘의 시간 속에는 현실이 엄연히 존재한다. 키이스의 부인과 딸, 미세한 균열은 강력한 힘으로 네 사람을 정확히 사등분 해놓는다.

그렇게 키이스와 소피는 본래의 자리로 돌아간다.

'우리가 사랑한 시간'을 남겨놓고.

우리, 사랑, 시간, 상실 혹은 추억의 언어인가? 불가역, 혹은 가역의 임계점? 아니면, or I am lost?

안녕, 헤이즐

"넌 네 삶이 의미 있다고 느끼기 위해서는 모두가 널 기억하고 널 사랑해야 한다고 생각해. 근데 그거 알아? 거스, 이게 너의 삶이야, 알아? 이게 네가 가진 전부야. 나를 가졌고, 부모님을 가졌고, 또 이 세상을 가졌어. 그게 다야. 네가 이걸로는 충분치 않다고 해도 미안하지만 이건 결코 작은 것이 아니야. 내가 널 사랑하고 내가 널 기억할거야."

말기 암으로 죽음을 곁에 둔 삶을 살아야 했던 헤이즐 그레이스(여주인공)와 어거스터스 워터스(남주인공)의 이야기를 담은 영화 〈안녕, 헤이즐〉의 대사이다. 모두에게 기억되는 삶이 의미 있다고 생각하는 어거스터스에게 죽어가는 헤이즐은 이렇게 말한다.

나는 내 주변인에게 어떠한 존재인가?

도리안 그레이의 초상

〈도리안 그레이의 초상(The Picture of Dorian Gray)〉이란 영화를 보며 나 자신의 초상(肖像)을 그려 본다. 〈도리안 그레이의 초상〉은 오스카 와일드(Oscar Wilde)의 유일한 장편소설이다. 이 소설은 인간이 지닌 본성과 쾌락, 인간의 이중성과 선과 악의 본질 등에 대해 문제를 제기한다.

줄거리를 대략 따라 잡으면 이렇다.

배질 홀워드는 아름다운 외모를 가진 젊은이 도리안 그레이에게 멋진 초상화를 그려준다. 홀워드 친구인 헨리 워튼은 이 그림을 보고 "아름다움! 진정한 아름다움이라는 것은 지적인 표정이 시작될 때 끝나 버리는 것이지. 지성이란 그 자체가 과장의 한 형식이기 때문에 어떠한 얼굴의 상태이든 그것을 망가뜨리거든. 이 사람은 절대로 생각 같은 것은 하지 않을 거야. 분명 그럴 것이라고 생각해. 이 사람은 머리가 없는 아름다운 생물이니까" 라고 말한다.

그림의 주인공인 도리안은 이렇게 생각한다. '내가 어떻게 되든, 또는 무엇을 하든 언제까지나 젊고 아름답게 남고 그 대신에 내 초상화가 늙고 추

하게 변했으면… '

도리안은 어느 허름한 소극장에서 여배우 시빌 베인에게 마음이 끌려 구애를 한다. 그러나 시빌이 이 구애를 받아들이자, 그녀의 연기 등 모든 것이 하찮아 보인다. 사랑에서 깨어난 도리안은 그녀에게 냉정하게 대한다.

이때 도리안은 자기 초상화에서 처음으로 변화를 발견한다. 초상화에 악이 보인 것이다. 도리안은 자기의 잘못을 깨닫고 다시 시빌과 결혼할 결심을 하지만, 시빌은 벌써 자살해 버린 뒤였다.

도리안은 다락방에 초상화를 감춘다. 그리고 방탕한 생활 속으로 빠져든다. 그는 수많은 여자들을 유혹하고, 본성과 쾌락이 이끄는 대로 살아간다. 시간이 흐른다. 도리안의 외모는 한결같이 20대 초반의 젊음과 아름다움을 지니고 있지만 초상화는 점점 더 추악하게 변한다.

어느 날, 초상화를 그린 홀워드가 다락방에서 이 그림을 본다. 도리안은 이 사실이 알려질까 두려워 홀워드를 죽이고 만다. 이후 도리안은 친구인 화학자와 시빌의 남동생까지도 자기의 악함을 아는 자들을 죽이거나 자살하게 만든다.

그는 어느덧 38세가 되었다. 아직도 젊은 아름다움을 간직한 도리안은 자기를 바라보는 저주스러운 초상화를 찢어버리려고 그림에 칼을 꽂았다. 그러나 그 칼은 도리안, 자기의 가슴에 박혔다. 늙고 초라하고 주름투성이의 추악한 얼굴로 변해 버린 도리안은 바닥에 쓰러진다. 그 앞에는 더할 나위 없는 아름다움과 젊음으로 빛나는 도리안 그레이의 초상화가 내려다보고 있다.

우리는 누구나 자기 초상(肖像)을 남긴다. 20대의 사진 속에 있는 내 초상은 30년 동안 아직도 젊다. 나와 내 초상은 이렇게 같지만 다르다. 나는 앞으로도 수많은 초상을 남길 것이다. 초상과 나, 어느 것이 진짜

이고 어느 것이 가짜일까?

오늘도 신문은 어김없이 탄핵 기사로 넘쳐난다. '박근혜 씨와 그녀의 초상화는 어떠할까?'라는 궁금증이 생긴다. 하기야 이 문제는 모든 이들의 문제이지 저 이만의 문제는 아니다. 오늘은 내 다락방에 숨겨놓은 초상을 봐야겠다. 어떻게 변해있는지. 곰곰 그려 보는 오늘, 아침이다.

〈도리안 그레이의 초상〉에 나오는 문장들이다.

"얼마나 슬픈 일인가! 나는 늙어가고, 무시무시해지고 있다네."

"사람은 나이 들수록 비밀이 많다네."

"자네의 젊음을 느낄 시간은 얼마 안 남았어."

"우린 누구나 자신 속에 천국과 지옥을 가지고 있다."

3. 휴휴헌에서 글을 읽고 쓰다

군고구마 설

날이 매섭다. 군고구마가 제 철을 맞았다. 성해응 선생의 『연경재전집』 권14 「저설」을 읽다가 알았다. 일본에서 고구마를 들여 온 이가 조엄(趙曮, 1719~1777)으로만 기억하고 있는 것을 수정해야 한다는 사실을. 성해응의 부친 청성(靑城) 성대중(成大中, 1732~1809)도 정사(正使) 조엄의 서기로서 일본에 통신사로 다녀왔고 아들 성해응을 통하여 「저설(藷說)」을 남겼다.

「저설」은 고구마에 대한 이야기이다. 성해응은 일본서 고구마를 들여 온 내력과 효자우라 불리는 이유를 이렇게 서술하고 있다.

> 영조 계미년(1763년)에 선친께서 일본으로 여행가실 때 칠탄(七灘) 이광려(李匡呂)가 편지를 보내어 고구마 심는 법을 부탁하였다. 대마도 좌수포(佐須浦)에 도착하여 비로소 얻었는데 바로 효자우(孝子芋)였다. 옛 말에 효자가 심어서 어버이를 공양했기 때문에 이름으로 되었다.

일본어로 고구마는 '고고이모(孝子芋)'라 불렀다. 배고픔을 해결하는

데 '효자 역할을 한 감자'란 뜻이다. 성해응이 고구마를 직접 심었는데 재배 방법을 잘 몰라 겨우 참마만한 것만 맺혔다한다. 또 성해응은 구황식물로 이를 재배해야 하는데 벼만을 중시하는 습속으로 이를 심지 않는다고 다음과 같이 지적한다.

우리나라 땅에는 본디 메벼가 넉넉하여 사람들이 아침저녁 밥을 지어 먹는다. 메벼로 밥을 지어먹지 않으면 밥을 먹지 않은 것으로 여긴다. 고구마를 비록 구황식물로 삼아도 사람들이 이를 경시한다. 작년 크게 흉년들 때 전라도는 더욱 심하였다. 굶어죽는 자가 줄줄이 이어졌으나 고구마로 구제했다는 말은 듣지 못하였다. 저들이 힘써 재배하지 않았던 것으로 생각할 뿐이다. 어찌 습속을 바꾸는 것이 그리도 어려운가.

선생은 습속 바꾸기를 매우 꺼려하는 우리 민간 풍습을 지적한다. 저 시절도 그렇지만 이 시절이라고 다르지 않다. 지금도 우리는 틀을 벗어나는 것을 매우 두렵게 여긴다. '구관이 명관'이니, '모난 돌이 정 맞는다'느니 하는 속담이 정언명제처럼 몸속에 내재해 있기 때문이다.

이 습속은 쏠림현상과 맞닿아 있다. 모두가 할 때 안 하거나 모두가 안 할 때 하면 사람들은 자기와 다르다고 괴물처럼 바라본다. 일제치하 신채호 선생은 이를 두고 「차라리 괴물(怪物)을 취(取)하리라」라는 수필을 썼다.*

* 「차라리 괴물을 취하리라」는 "한 사람이 떡장사로 이득을 보았다면 온 동리에 떡방아 소리가 나고 동쪽에 있는 집이 술을 팔다가 실패하면 동쪽에 있는 집의 노인도 용수(싸리나 대오리로 만든 둥글고 긴 통. 술이나 장을 거르는 데 쓴다)를 떼어 들이어, 나아갈 때에 와~ 하다가 물러날 때에 같이 우르르 하는 사회가 어느 사회냐."고 서두를 뗀다.
그래 선생은 '내가 차라리 괴물이 되리라' 한 글이다.

책과 발의 변증설

책은 인류가 만들어낸 지식의 보고이다. 이 책을 눈으로 보고 머리에 넣어 지식을 생성한다. 지식은 인간으로서 우리 삶을 영유케 한다. 삶을 영유케 한다는 말은 머릿속 지식을 몸으로 실천한다는 의미이다. 실천을 해야만 머릿속 지식이 비로소 자기 것이 된다. 머릿속에만 있는 지식은 아무 쓸모가 없어서다. 우리는 이러한 일련의 과정을 학문이라 부른다. 머리보다 발이 가장 중요한 까닭이 여기에 있다. 제아무리 머리가 명령을 내려도 발이 없으면 요지부동이기 때문이다. 학문의 완성은 그래 발이다.

그러나 우리는 이 소중한 발을 아래 것으로 본다. 얼굴에 비하여 상대적으로 발을 너무 천시 여긴다. 그저 발에 양말 한 켤레 신겨주면 되는 대상으로만 본다. 위 것인 얼굴 가꾸기에 온 정성을 다한다. 요란한 지식 치장만큼이나 야단스럽게 화장품을 바르고 꾸민다. 30년 전 '16비트 마이크로프로세서'만도 못한 머리에 주입한 한줌 지식을 뽐내는 '안하무인종(種)'들이라도 만날작시면, 가히 가관(可觀)이다. 그래 '책

(冊)'의 부수도 멀경몸(冂)이다. 뜻은 '멀다, 비다, 공허하다'는 의미이다. 머릿속에 구겨 넣은 지식은 아무짝에 쓸모없다. 이렇게 되면 지식의 보고인 사전은 한낱 종잇조각에 불과하다. 책 따로 나 따로인 '서자서아자아(書自書我自我)'는 여기서 생겨난다.

발이 소중한 줄 알아야 제대로 된 학문을 한다. '발 족(足)'을 옥편에서 찾아보면 '발' 이외에 뿌리, 근본, 그치다, 머무르다, 가다, 달리다, 넉넉하다, 충족하다, (분수를) 지키다, 이루다, 되게 하다, … 따위 다양한 뜻들이 보인다. 모두 사람의 삶을 주재하는 의미들이다. '뿌리'니 '근본'은 아예 그 사람 자체를 의미한다. 책에 관한 속담을 네이버에서 찾아보니 '책개비 열두 개(갈래가 많고 변덕이 심하여 매우 복잡한 것을 비유적으로 이르는 말)' 따위 5개 정도이다. 발은 '발이 의붓자식([맏아들/효도자식]보다 낫다: 성한 발이 있으면 여기저기 돌아다니며 구경도 할 수 있고 맛있는 음식도 먹을 수 있다는 말)' 따위로 속담만 102개에 관용구도 75개나 검색된다.

얼굴에 신경 쓰는 반만큼이라도 발에 관심을 주었으면 한다. 그렇게 될 때 머릿속 지식이 삶으로 이어지고 학문이 된다. 학문의 발걸음이 이어질 때 우리 사회를 짓누르는 각종 부정과 비리가 사라지고 사람이 살만한 세상이 된다.

점심 한 끼

세상사 요령 없는 사람이 사는 곳, 휴휴헌.

점심 한 끼를 때운다.

쌀이라야 겨우 세 움큼,

이 정도 반찬이면 이레는 족한데,

먹어도 먹어도 주린 배 차지 않으니,

그저, 책 속에 안회(顔回)들만 원망할 뿐.

무명지를 탓하며

오늘도 남의 글을 본다. 아! 감탄사를 연발하도록 잘 썼다. 기운생동(氣運生動)이요, 서권기(書卷氣)가 펄펄 종횡으로 난다. 엄지를 척 들어 주어 마땅하다.

엄지는 손가락의 왕이다. 엄지의 엄은 어미와 동등한 의미이다. '네가 최고야!'할 때 우리는 엄치를 척 세워준다. 검지는 온갖 일을 다 한다. 모든 걸 다 집어 집게손가락이라 부른다. 젓가락, 숟가락질도 검지가 하여 식지(食指)라고도 부른다. 장지는 다섯 손가락 중 가장 길고 중간에 떡하니 위치하여 손 모양을 내준다. 그래 장군 같다 하여 장지(將指)라고도 한다. 서양에서는 욕 중에 상욕이 이 가운뎃손가락을 세우면 된다. 여하튼 기가 센 놈이다. 새끼손가락은 소지(小指)로 그 이름만큼이나 제일 작아 앙증맞다. 막걸리를 저을 때 그만이며 콧구멍을 팔 때도 여간 요긴한 게 아니다. 내 서재 책장에는 이런 삶에 유용한 엄지, 검지, 장지, 소지 같은 글이 지천이다.

그런데 이 넷째 손가락이 문제다. 손가락으로 달리기는 달렸는데 도대체 쓰임이 없다. 그래 이름이 없다고 아예 무명(無名指)라는 치욕스러운 별칭까지 붙었다. 물론 탕약 젓는 데 쓰임이 있어 약지(藥指)라 부르지만 요즈음엔 그마저 쓸 일이 없다. 약지는 이제 건드렁 건드렁 이름 좋은 하늘타리일 뿐이기에 그 별호마저 빼앗길 판이다. 그래 민망함을 감추려고 왼손에 덜렁 반지 하나 끼어 놓았다.

이런 날 내 글을 보면 꼭 요놈의 무명지 짝이다. 그래, 무명지를 탓하며 책을 덮는다. 제길헐!

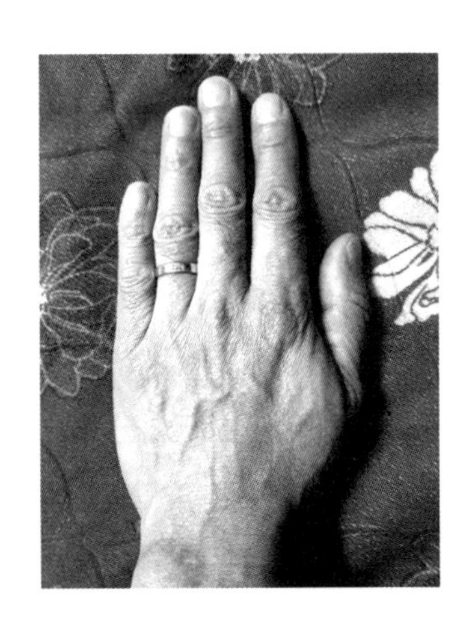

할머니 제사를 모시며

할머니 기고이다. 늘 축문을 쓸 때마다 걸리는 글자가 있다. '효손 호윤'이다. '효손'—내가, 내 손으로 효손이라 쓰자니 참 면구스럽고 민망하다.

할머니는 서울로 전학 온 나를 따라오셔서 끼니를 챙겨주셨다. 그리고는 내가 학교서 돌아올 때까지 한 관에 15원 셈쳐주는 도라지를 까셨다. 할머니 손은 도라지껍질처럼 거칠었다. 그 15원은 나와 할머니의 저녁반찬값으로 쓰였다. 그렇게 내 초·중·고 10여 년을.

대학을 마친 내가 뒤늦게 군대 가는 날, 할머니는 집 앞 지팡나무에 의지하여 나를 배웅해 주셨다. 할머니의 옥양목 저고리는 내가 동구를 벗어날 때까지 그 자리에 있었다. 그게 할머니와 마지막이었다.

첫 휴가를 와서야 난 할머니가 돌아가신 것을 알았다. 할머니의 고염상에서 내 인생에 가장 처음으로 대성통곡을 하였다. 생각해보니 이미

30년도 넘은 일이다.

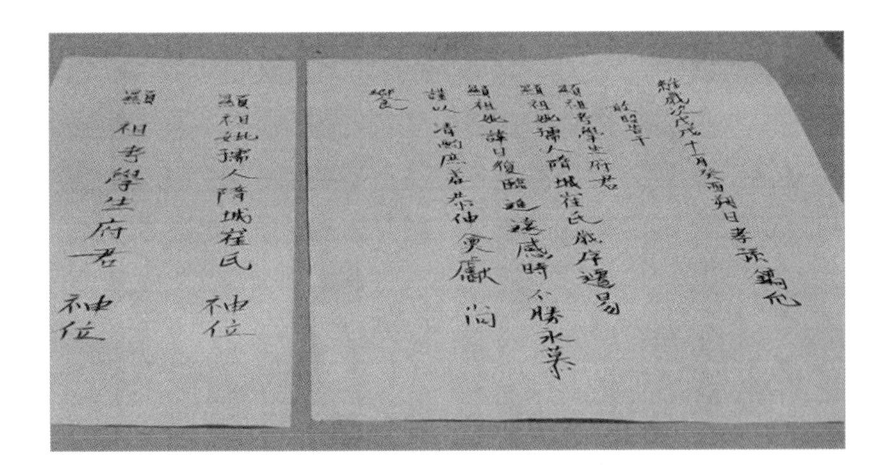

이런 글귀가 생각나는 날이 있다

하늘이 장차 큰 임무를 이 사람에게 내리려 할 적에는

天將降大任於斯人也

반드시 먼저 그 마음을 수고롭게 하며	必先勞其心志
그 몸을 괴롭게 하며	苦其筋骨
그 배를 굶주리게 하며	餓其體膚
그 몸을 빈궁하게 한다.	窮乏其身行
그 하는 바를 방해하고 어지럽게 하니	拂亂其所爲
이러한 까닭은 그 마음을 분발시키고 성질을 참게 하여	是故動心忍性
그 능하지 못한 것을 더욱 잘하게 하렴이다.	增益其所不能

『맹자』「고자하(告子下)」에 보인다.

뜬금없이 이런 글귀가 생각나는 날이다. '동심인성(動心忍性, 역경이 인생을 꽃피우는 계기가 된다)'이란 말이 덩달아 널뛴다.

세태

세태(世態, 세상이 돌아가는 형편), 맞다. 분명 2018년 마지막 달 12월 3일.

"그래 요즈음은 뭘 드십니까? 건강을 위해 육해공, 두루 찾아 드시잖습니까."

"요즈음은 뭐. 부천에는 먹을 곳이 없어서."

"포천에 있는 닭 집 아세요?"

"아니, 거기에 맛 좋은 집이 있습디까?"

"제가 전화번호 알려 드릴게요. 거기 닭 먹고는 딴 데서 못 먹습니다. 여기서 1시간 30분쯤 걸리니 떠날 때 미리 연락만 하세요."

"…………"

"…………"

둘의 대화를 뒤로 하고 나왔다.

아침, 6~7시쯤, 늘 이쯤이면 헬스 사우나는 붐빈다. 거개는 50대 중반 이상 연령층이다. 주제는 늘 간단하다. 건강, 먹는 것, 자식 자랑,

그리고 여행 정도이다. 이런 이야기를 듣는 게 불편하지만 아침에 헬스 사우나는 따로 돈이 드는 것도 아니고 몸도 개운하여 가끔씩 들린다. 그러고 저런 대화를 들었다.

책상에 앉아 컴퓨터를 열었다. '빚쟁이들의 나라'라는 자극적 제목의 기사가 보인다. 청년층이 빚 갚는데 수익의 절반 이상을 쓰고 가장 먼저 줄인 것은 식대라고 한다. 그러고 보니 내 아이들 생활도 저러한 신문 기사와 별반 다르지 않다.

맛 집을 찾아다니며 건강을 지키는 늙음과 식대를 줄이며 빚을 갚는 젊음이 묘하게 대비되는 오늘의 세태이다.

헤럴드경제 메인 추가 ✓PiCK

[적자 인생-②빚쟁이들의 나라] '슬픈 청년층 가계부'...빚갚는 데 수익의 절반 이상, 가장 먼저 줄인건 '식대' 본문듣기 · 설정

기사입력 2018.12.03 오전 9:02

848 1,393 요약봇 가가

대학원생 이석우(29) 씨가 자신의 학자금 융자 상환 내역을 확인하고 있는 모습.

-여윳돈 웃도는 '학자금 융자' 상환금

문학이란?

문학은 '사회적(社會的) 산물(産物)'이다.

모든 문학행위는 언어라는 사회적 의사소통과 저자와 독자라는 사회적 관계망에서 이루어지는 것이므로 사회성을 지닌 작품이 생화(生花)라면 그렇지 못한 작품은 가화(假花)일 수밖에 없다. 숨이 이미 멈춰버린 천조각으로 주렁주렁 꾸며 놓은 서낭의 거짓 꽃에서 무슨 향내가 나겠는가.

송나라 양만리(楊萬里, 1127~1206)의 「하횡산탄두망금화산(下橫山灘頭望金華山)」이라는 시를 적어본다. 글 짓는 마음이 머무른 곳, 그곳은 길을 나선 문 밖 세상이지 대궐 같은 집이나 아름다운 정원이 아니다. 그래야만 어제도 오늘도 내일도 흐르는 동선(動線)에 올망졸망한 팍팍한 삶들이 석축에 낀 이끼처럼 붙어 있음을 보지 않겠는가.

山思江情不負伊	강산이 머금은 뜻 언제 저들을 저버렸던가
雨姿晴態總成奇	비가 오든 날이 맑든 한결같이 신기하다네
閉門覓句非詩法	문을 닫고 시구 찾는 건 시 짓는 법 아니지

只是征行自有詩　　길을 나선다면 저절로 시가 되는 것이라네.

그러나, 마음이 없으니 시가 지어질 리 없다.

당신의 거울

구리로 거울삼으면 내 의관을 바로잡고　以銅爲鏡可以正衣冠
옛날을 거울삼으면 나라의 흥망을 알고　以古爲鏡可以知興替
사람을 거울삼으면 얻고 잃음이 분명하다.　以人爲鏡可以明得失

당 태종의 말이다. 위징이 죽자 당 태종은 "짐이 항상 거울 세 개를 지니고 나의 허물을 예방하였는데, 지금 위징이 죽어서 마침내 거울 한 개를 잃었다(朕常保此三鏡以防己過 今魏徵殂逝 遂亡一鏡)." 탄식한 고사에서 나온 말이다. 『구당서』 권71 「위징열전」에 보인다.

나는 누구의 거울인가?

그런 사람

'그런 사람'이 있다. 말 한 마디도 불편하게 하고 예의도 없는 사람. 난 분명 예의 있게 대하는데 상대는 제맘대로이다. 살아가며 '그런 사람'을 만날 때면 참 곤혹스럽다. 지금까지 살아 온 내 삶이 송두리째 의미조차 없어져서이다.

엊그제 '그런 사람'을 만났다. 상대는 막무가내였다. 거들먹거리는 말, 예의를 무시하는 안하무인 행동, 예사롭게 내뱉는 상소리. 그런데 '그런 사람'에게 그러지 마라고 제지하지 못 한다. 그 말을 하는 순간, 우리의 관계가 틀어지고, 주변 사람까지 영향을 미치기 때문이다.

하지만 '그런 사람'도 가정생활을 영위하고 누구의 아빠이고 직장 선후배도 있고 친구도 있다는 사실을 상기하면 문제가 달라진다. 내 주위에 있는 사람들보다 더 좋은 사람들이 '그런 사람' 주변에 있다. 안타까운 것은 난 그 이유를 전혀 모른다는 사실이지만 말이다.

그러고 오늘, 다시 생각해본다. '그런 사람' 문제를 나만 유독 크게 느낀다는 점이다. 다른 이들은 그러려니 하거나 아니면 좀 짓궂거나 성격상 문제 정도로 넘어가 준다.

상대적이라는 말을 끌어오면 쉽게 해결된다. 나와 상대하기에 '그런 사람'이 되었지, 다른 사람과 마주 앉았다면 정다운 벗이 되었을지도 모른다. 다른 사람은 '그런 사람'을 말 한 마디도 곱게 하고 예의도 있는, '그런 사람'으로 여기는 게 당연하다.

아하!

그러고 보니 나도 누군가에게 '그런 사람'일지도 모른다는 생각이 든다.

늙은 대추 몇 알이 건네는 인연의 끝

1.

늦가을조차 지난 입동날, 바짝 마른 대추나무에 대추 몇 알이 안간힘을 쓰고 있다. 인연의 끝을 부여잡고. '인내', '끈기'라는 단어보다는 '쇠락', '욕심'이 먼저 떠오른다. 고집스럽게 매달려 있는 대추 몇 알이 마치 헤어질 때, 미련으로 안간힘을 쓰는 듯해 공연히 추한 것 같다는 생각이 든다.

2.

그러나, 한 발짝 물러나 나무쪽에서 생각해보면, 제 육신으로 만들어낸 수많은 잎과 열매들이다. 그렇게 새싹이 움트는 봄과 뜨거운 태양의

한 여름을 함께 몸으로 받아냈다. 그리고 가을, 마지막 비바람이 불고, 이제 몇 알의 대추만이 남았다.

3.

모든 인연은 이연이란 것쯤 누가 모르랴. 그 인연의 끈을 안간힘으로 부여잡고 있는 저 바짝 마른 대추나무와 늙은 대추 몇 알을 '쇠락'이니 '욕심'이니 하는 부정어로 볼 게 무엇인가? 오지 않은 인연이면 모르겠지만 이미 온 인연이기에 온 힘을 다해 잡으려는 게 무에 그리 볼썽사납다고 각박한 생각을 하는가?

4.

그 인연의 끝.

절망처럼 떨궈진 잎들과 늙은 대추는 다시 흙으로 돌아갈 것이고 내년에 또다시 잎으로, 대추로, 제 바짝 마른 어미 몸에서 피어날 것이다.

휴휴헌 가는 길

휴휴헌으로 간다.

새벽녘, 늘 이 길을 걸어.

어느새 가을이 깊다. 늘 푸르를 것만 같던 파란 잎사귀가 낙엽이 되었다.

그것은 시간을 타고 오는 백색소음처럼

얼마 후면 이 길에는 하얀 눈이 덮이고,

그러면 올 한 해가 간다.

올 한 해가, ……, ?. ? 마침표를 찍어야 할지, 쉼표를 찍어야 할지 모르겠다.

청첩장을 돌리며

아들의 청첩장을 돌리려 내 삶의 이력서를 펴들었다. 거기에는 내 58년의 인생사가 그대로 들어 있다. 꽉 들어 찬 그 이들은 족히 1000여 명은 될 법하다. 한 사람씩 한 사람씩, 이름과 그 이들의 얼굴, 그리고 그들과 이러저러한 사연들을 뒤적여 본다.

어느 이름의 그 사람은 이미 수첩에서 지워졌어야 한다. 그 이는 더 이상 청첩장을 받을 수 없다. 어느 이름의 그 사람은 이미 왕래가 끊어졌다. 어느 이름의 그 사람은 이러저러한 사정으로 보내도 오지 못 한다. 어느 이름의 그 사람은….

그때는 만나고, 만나고, 만나며, 때론 정담을 나누고, 때론 한 잔 술을 기울이고, 때론 학문을 이야기하며, 그래 그렇게 시간을 함께하며, 소중한 인연으로 서로의 이력서를 만들어주었다. 한 사람, 한 사람, 한 사람, …. 허나 이제는 저러 이러한 사정으로 겨우 청첩장 하나 보낼 인연으로조차 남지 못하는 이름과 이름들이다.

청첩장은 주는 이나 받는 이나 조심스럽다. 누구나 그렇듯 주는 이의 조심스런 손길에는 받는 이의 축복을 기대하는 소망이 있다. 그렇게 보내려니 겨우 100여 명도 채우지를 못한다.

모쪼록 내가 보내는 아들의 청첩장이 원치 않는 이는 아니 받고 꼭 축복을 보낼 이만 받았으면 하는 마음이다. 58년 인생사가 그러고 보니 내 빈 가방 무게도 이기지 못한다. 탐스러운 삶의 이력을 기대한 것은 아니건만 대략 셈쳐본 내 삶의 이력서가 참 빈한하다.

아이들 혼인식에 읽은 글

아이들의 혼인식날 원근을 가리지 않고 참석해 주신 분들, 그리고 그 마음 모두 고맙습니다. 주례 없는 혼인이기에 제가 가족을 대표하여 '주례사를 가름하는 글'을 읽었습니다.

대철아! 경화야!

너희들이 한 가정을 꾸린다고 했을 때, 우리는 가슴이 덜컹 내려앉았단다. 하나는 '우리가 벌써 그러할 나이가 되었나?' 하는 의문이 들어서고 하나는 너희들이 대견하면서도 걱정이 앞서서였다. 한 가정을 꾸린다는 것은 이 만만찮은 세상을 부모로부터 독립하여 살아가겠다는 다짐이기에 그렇다. 하지만 어른으로서 가장이 된다는 의미를 너희들 역시 모르지 않겠지.

경화야! 대철아!

두 사람이 한 가정을 꾸린다는 것은, 지금처럼 서로가 한 팔을 상대에게 내주어야 한다. 이 말은 한 사람이 두 발로 걷는 것이 아니라 한 팔을 내주었기에 두 사람이 세 발로 걸어야 한다는 것을 의미한단다. 부부는 그렇게 한 팔을 내주고 세 발로 걷기에 한 방향을 보아야 한다. 그래, 그렇게 서로 사랑하는 마음으로 함께 같은 곳을 바라보며 걷는 게 부부의 인생이란다.

대철아! 경화야!

살다 보면 서로서로 모자라는 부분을 발견한단다. 그럴 때면 고치려 하지 말고 그 모자라는 부분을 채워주면 좋겠다. 서로 다른 환경에서 태어나고 자랐다는 점을 인정해야 해서란다. 그렇게 살다 보면 때론 고통도, 때론 행복도, 오고 가고, 가고 오며, 굽이굽이 인생길을 함께 걷는 거란다.

대철아! 경화야!

엄마 아빠가 살아보니 인생을 살아가는 마법의 열쇠는 어디에도 없더라. 너희 부부의 인생 열쇠는 너희들이 만들어야 한다. 인생이란 자물쇠를 여는 키를 그 누구도 만들어줄 수 없기에 말이란다.

하객 여러분들께 올립니다.

높고 푸른 쪽빛 하늘, 들에는 보기 좋게 익어가는 곡식, 산과 들을 수놓은 단풍의 계절입니다. 이 아름다운 호사를 마다하시고 저희 아이들의 혼례를 축하하기 위해 찾아 주셔서 고맙습니다. 이 값진 은혜는 저희 가족이 두고두고 갚도록 하겠습니다. 아울러 새 삶을 찾아 첫 발길을 내딛는 저희 아들과 딸 부부에게 신의 가호가 함께하기를 하객여러분들의 박수로 청해봅니다.

고맙습니다.

하객 여러분들께서 가시는 걸음걸음마다 행복이 함께하시기를 빌어봅니다.

2018년 10월 21일 혼주를 대표하여 제가 읽었습니다. 감사합니다.

(사)대한사립중고등학교장회 강의를 다녀와서

10월 10일, 제주도를 다녀왔다. (사)대한사립중고등학교장회 강의를 위해서다. 이 단체는 우리나라 사립 중고등학교 교장 선생님들 모임이다. 강의 장소는 제주도 라마다호텔이고 강의 내용은 『다산처럼 읽고 연암처럼 써라』이다. 구체적인 주제는 '다산과 연암에게 배우는 고전의 현재적 변용'이다. 대략 보아도 300여 명 이상의 중고등학교 교장 선생님들이 모인 자리다. 현재 우리나라 중고등학교 교육 최일선에 계신 분들이다.

모쪼록 다산과 연암 선생의 지혜가 일선 교육현장까지 흘러 들어갔으면 하는 바람이다.

좋다와 싫다의 변증법

가끔씩(?)이지만 나를 싫어하는 사람을 만난다. 며칠 전 술자리에서다. 그는 나에게 노골적으로 싫다는 말을 하였다. 아무리 생각해보아도 내 그 사람에게 딱히 잘못한 게 없다. 더욱이 나는 그 사람을 싫어하지 않는다는 명백한 사실이다. 그가 나를 싫어한다는 사실은 적지 않은 내 삶의 이력으로 도저히 이해할 수 없는 초고도의 난해한 문제이다.

그러나 곰곰 생각해보니 나 역시 그와 같다. 나는 연예인 중, 꽤 인기를 누리는 박○○ 씨와 박○○ 씨가 TV에 나오면 얼른 채널을 돌려버린다. 한번은 그 이유를 알려고 두 연예인이 나오는 프로를 한 시간 정도 본 적이 있다. 그 두 분은 분명 대중예술인으로 인기를 누릴 유머와 재치를 지니고 있었다. 프로그램은 매끄럽게 흘러갔고 내가 싫어할 '이유'는 찾기 어려웠다. 굳이 '이유'의 답을 찾으라면 하릴없이 '그냥'이라는 두 글자만 주억거릴 뿐이다.

그러고 보니 그 사람도 내가 '그냥' 싫은 게 아닐까 한다. 사실 '좋다'는 말도 그렇다. 그 사람을 그냥 좋아하는 것이지 거기에 딱히 이유가 있는 게 아니다.

또 생각해 보자면 좋든 싫든, 상대에 대한 관심이 또렷하다. 하지만 좋다 싫다 사이에 존재하는 무수한 항의 사람들, 좋지도 않고 싫지도 않은 사람들은 아무런 관심을 받지 못한다. 관심을 받지 못하는 사람은 존재하나 존재하지 않는 그저 투명인간일 뿐이다.

이렇게 에둘러 생각의 끈을 잡고 보니 그가 나를 싫어한다 하여 그리 나쁠 것도 없다. 어찌되었건 그가 나에게 관심을 두는 것은 분명하잖은가. 관심을 두니 그만큼 만날 횟수가 많을 것이고 그러다 보면 혹 언젠가 좋아할지도 모른다.

좋다와 싫다의 변증법, 참 싱거우면서도 제법 간간한 소금기가 배어 있다.

간은설 돌을 축하하며, 미리 써보는 편지

은설아!

내 손녀, 간은설. 네가 태어난 날, 2018년 6월 15일, 나는 난생처음 할아버지가 되었다. '할아버지'라는 호칭은 '아버지'와 아주 다른 느낌이었다. 무엇인가 약간은 색 바랜 느낌이라고 할까? 병원에서 창 너머로 너를 처음 본 순간 형언할 수 없는 그 무엇이 가슴을 훑고 지나갔다. 네 작은 몸 속에 내 피가 흐르고 있다는 전율, 그것은 아버지의, 아버지의, …………. 이 세상의 그 어떤 언어로도 표현 못할 감동이었다.

그러고 오늘 네가 백일이 되었다. 내 주민등록상 할아버지 이력도 꼭 100일째다. 앞으로도 '네 나이'와 '내 할아버지 이력'은 한 치의 어긋남도 없이 동행하겠지.

은설아! 이 할아버지는 네가 이렇게 자라주었으면 좋겠다. '자신을 존중하고, 타

인을 배려하는 맑은 마음씨를 지닌 사람'으로. 네 이름 '넉넉할 은(殷)'과 '맑을 설(偰)'에는 이런 의미가 담겨 있단다.

은설아!

언젠가 네가 이 글을 읽겠지. 그때가 되면 우리 꽤 진지하게 인생사를 말해보자꾸나.

2018년 9월 22일.

상대적으로

나는 내가 시절만큼 젊었을 때보다 분명 더 나은 생활을 한다. 고등학교 선생을 그만 둔, 아니 공부한답시고 자발적 백수가 되어서도 이전보다 못한 삶을 산 것은 아니다. 그런데 어제와 그제가 그랬듯이 전전긍긍 세상을 사는 이유는 무엇 때문일까?

'상대적으로….' 그렇다. 답은 저 석 자에 있다. 늘 '상대적으로'가 선행한다. '왜 저 이는 저렇게 형편없는 데도 사는 게 부유할까?' '왜 저 이는 저렇게 인간성이 형편없는 데도 잘 되는 걸까?' '왜 저 이는 저렇게 노력을 안 해도 돈을 잘 벌까?' '왜 저 이는 저렇게 놀고먹는 데도………?'

세상을 살아가며 품는 무수한 질문은 나에게서가 아닌 상대적에서 나온다.

산 속의 나무

산 속의 나무 쓰는 이 없다고 싫어하지 말아라　　莫嫌山木無人用
조롱 속 새는 자유가 없으니 훨씬 낫지 않은가.　　大勝攏禽不自由

백거이(白居易)의 「감소견(感所見)」 구절이다.

삐뚤빼뚤 산 속의 나무를 보는 이 없다. 따라서 아무도 알아주는 이 없다. 반면 화려한 조롱 속의 새는 많은 이들이 보고 좋아하지만 자유가 없다. 남에 눈요깃거리만 될 뿐이다. 백거이는 과거에 급제하여 항저우자사[杭州刺史]까지 지냈다. 굳이 저 백거이의 재주에 비하여 그 벼슬이 큰지 작은지를 운운할 필요는 없다. 그는 아무도 알아주지 않는 산 속의 나무가 자유롭기에 조롱 속 새보다 더 낫다고 한다.

나 역시 백거이의 저 시구에 동의한다. 그래 산 속의 저 나무처럼 살고 싶다.

[첨언] 잘났건 못났건, 남이 인정하건 안 하건, 나는 고전을 연구하는 학자이다. 학자는 오로지 글을 해석하려든다. 그러나 언젠가부터 나는 해석에서 나아가 그 글로 나를 변화시키고 싶다. 하지만 시간이 지날수록 글대로 나를 변화시키는 게 그리 쉽지 않다는 사실에 가위를 눌린다. 좋은 글을 읽으면 글대로 못하여, 내가 나에게 짐을 지워서다. 그래 꽤 미안한 마음이다.

조작(朝酌)을 한 이유

아침 술(朝酌)한 이유를 대라하니
내 변명을 하리다.

어제 술이 미진한 것도 아니오.
오늘 술이 고파서도 아니라오.

그저 오늘 조작(朝酌)을 한 이유는
내 그대를 만나서라오.

아침부터 근원 김용준 선생의 수필집을 뒤적거린다

"물질적 여유보다도 정신적 여유가 부족할 때 더욱 절실히 느끼는 것이 이 고독이라는 감정이다."

「고독」이란 수필에 나오는 글귀이다. 이 글을 썼을 때 선생 나이를 셈쳐보니 겨우 서른다섯이다. 내 나이는 선생 나이에 20년을 더하고도 남는다.

내 본래 깜냥이 적어 됫박만한 마음에 말들이로 들이 붓는 세상사를 감내하기 벅차다. 철이 들고부터 늘 저러한 어휘를 달고 사는 이유다. 그래도 선생 말처럼 '낫살이 들면 차츰차츰 사라져버리는 감정' 쯤으로 여겼다.

그런데 요즈음 들어 부쩍 '고독'이니 '외로움'이란 어휘들과 대거리가 잦다. 저 어휘들이 싱싱히 살아 회쳐먹을 듯이 엄습하니 글공부도 제대로 될 리 없다. 전에는 몇 잔 술이라도 먹으면 덜했는데 요즈음은 그마저도 통하지 않는다. 오히려 술 먹은 다음 날이면 더 을러대는 통에 하루를 꼬박 허송세월로 보낸다.

오늘도 아침부터 왁살궂고 거칠게 대드는 바람에 생각이란 놈이 웅긋중긋 채신머리없이 들까불댄다. 그것이 물질적 여유, 혹은 정신적 여유가 부족해서인지, 아니면 다른 무엇이 있어서인지조차 모르겠다. 이쯤 되고 보니 '낫살깨나 먹었다'는 말이 송구하고 겸연쩍을 뿐이다. 그렇다고 어영낭청 오늘을 작폐할 수도 없어 몇 자 글로 저 '고독'이니 '외로움'이란 놈들에게 뻗대 붓대를 들어본다. 하지만 이미 생각이 휘뚜루마뚜루이니 영판 스님 빗질하는 글줄뿐이다. '언제쯤 쾌잣자락 날리는 여문 글 쓰고 여문 생각하며 아름찬 삶을 살려는지?' 내가 나에게 꽤 길게 물어본다.

왜 이러한 결과가 나왔을까?

	인구수	국민 평균 IQ 순위	국제수학올림피아드 순위	노벨상 수상자 수
한국인	5000만 명	2위	1위	1명
유대인	1400만 명	26위	33위	184명

"세상 일이 어찌 자기 바라는 대로만 될 수 있으랴. 만일 그렇다면 나도 루비이야트*의 저자처럼 이 우주를 산산이 부숴뜨려 새롭게 만들고 싶다."

—'책머리에'(김현(1990), 『시칠리아의 암소』에서)

* 루비이야트: 페르시아의 4행시.

도둑맞은 여름이 아니건만

9월 첫 주, 커피 한 잔을 들고 책상에 앉는다. 그러고 보니 참 오랜만이다. 꽤 긴 여름이었다. 7~8월 한 여름 내내 무엇을 하고 지냈는지 꿈결이다. 몇 번의 '길 위의 인문학' 수업, 그리고 53킬로미터, 101킬로미터 두 번의 울트라마라톤과 대회 준비를 위한 연습주(練習走)만이 꿈속 일이다. 생각해보니 이번 여름은 달리고, 달리고, 또 달린 듯하다. 따가운 햇살과 지열로 아직도 온몸에 소금기만이 남아 있는 듯하니 말이다.

2학기가 시작되었다. 오늘 개강 첫날, 그렇게 한여름을 지난 내 휴휴헌을 둘러본다. 여기저기 마라톤의 흔적만이 보인다. 각종 소염제와 근육통증 완화제들, 운동복 따위. 출판사에서 온 『연암 평전』 교정원고조차 책상에 근 한 달이 넘도록 그대로 놓여 있다. 숨 쉬듯 보든 연암 선생에 대한 원고이기에 참 죄송한 마음이다.

무엇을 얻는 나날이 될 수도 없고 삶의 희열만으로 가득 찰 수도 없지만 어제와 그제와 오늘이 같다면 이 또한 영 맹물에 조약돌 삶기이다. 하지만 곰곰 생각해도 이 여름, 무엇을 얻은 것은 없다. 그렇다고 무엇을 얻지 않는 것도 아니다. 나에게 이번 여름 마라톤은 얻음과 얻지 못함 '그 어디쯤'일지도 모르겠다. 언젠가 '그 어디쯤'을 알 날이 왔으면 한다.

그래, 오늘은 휴휴헌 여기저기 흐트러진 마음을 주섬주섬 주워 담아본다. 그러고 보니 이 글이 꽤나 싱겁다. 도둑맞은 여름이 아니건만 왠지 그런 느낌이 드는 이유는 내 몸의 간기가 아직 부족해서인가보다.

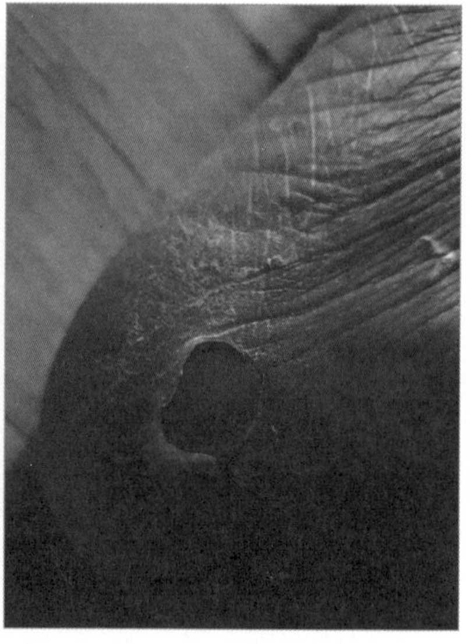

생과 사

지식백화점

> 어디를 봐도 쓸모없는 인간쓰레기들을 만나게 된다. 그들은 도처에서 무리를 지어 살고 있으며 아무에게나 정신을 의지하고 손에 닿는 모든 것을 더럽힌다. 한마디로 여름철의 파리떼 같은 인종이다. (…중략…) 금전을 목적으로, 또는 관직을 바라는 열망으로 쓰인 악서(惡書)가 독자의 눈과 귀를 어둡게 만드는 데 앞장서고 있다. (…중략…) 자신의 저속한 머리에는 아랑곳하지 않고 오직 돈을 벌기위해 글을 쓰는 작가, 다시 말해 쓸어버리고 싶을 만큼 수많은 작가들의 신간을 일반대중은 적절한 시기에 지속적으로 읽어야만 문화에 뒤떨어지지 않는 상류층이 될 수 있다고 생각한다.

쇼펜하우어의 『문장론』이란 책에 보이는 글입니다. 글깨나 쓰고 공부깨나 한다는 이들에 대한 경종이요 충고입니다.

공부랍시고 하다 보니, 자연 저 학문이란 세계에 둘러앉은 사람들을 봅니다. 외국 물을 먹어야만 일류라 생각하는 이들도 꽤나 되더군요. 그들은 예외 없이 맨드리가 화사하고 지성미가 넘치는 '지식백화점(知識百貨店: knowledge department store)'이란 상점을 경영합니다. '지식백화점' 곳곳은 서양 이곳저곳에서 닥치는 대로 도매금으로 끊어다 놓은 상품이 잘 포장되어 있습니다. 물론 큼직하니 'Made In America', 'Made In France', 'Made In England', 'Made In Japan', 'Made In China'(요즈음은 다시 조선 복고풍으로 중국산도 1류 상품입니다)라는 상표도 잊지 않습니다.

1류요, 물 건너 왔기에 값은 물론 도매가 아닌 소매입니다. 즐비한 상품 대부분이 고가이지만, 늘 지식꾼을 자처하는 이들로 북적입니다. 고백하건대 나 역시 이곳을 기웃거리다가 몇 상품을 비싸게 구입합니다. 그런데 이렇게 사온 물건이 좀체 쓰기가 어렵거니와, 학문적으로 가사(假死) 상태에 이르게 합니다. 영 내 몸에 맞지가 않을뿐더러, 약은 수를 써서 공부를 하려 해서입니다.

그래 이런 이야기가 생각납니다.

"제 고향엔 잎이 떨어진 버드나무만 있습니다."

여요(餘姚) 출신 선생들은 오 지방에서 훈장노릇을 하느라, 이른 봄에 떠나 선달이 되어서야 고향에 돌아왔답니다. 그러다보니 고향의 풍물은 오히려 잘 알지 못하였겠지요.

한 여요선생이 훈장질을 다니다 잎이 푸른 버들을 보았답니다.

그래 주인에게 고향에 가 심으려 하니 한 가지만 꺾어달라고 하였습니다.

그러나 그것은 어느 지방에서나 볼 수 있는 흔한 수양버들이었습니다.

그래 주인이 "이것은 아주 흔한 종자로 없는 곳이 없을 텐데요. 선생 고향에만 없을 리가?"라고 하였겠다.

그랬더니 여요선생 이렇게 대답하더랍니다.

"무슨 말씀을 제 고향엔 잎이 떨어진 버드나무만 있습니다."

이 이야기는 명대(明代)의 소화집(笑話集)인 『종리호로(鐘離葫蘆)』「여요선생(餘姚先生)」에 보입니다. 여요(餘姚)는 중국 절강성(浙江省) 여요(餘姚)지방으로 왕수인(王守仁), 구양순(歐陽詢) 같은 유명한 학자가 많이 난 곳입니다. 예로부터 오나라는 훈장노릇을 많이 한 지방이랍니다.

제 '정신', 제 '문화'가 무엇인지도 모르고 박래품(특히 서양)만 고집하는 사람들이 참 많은 것 같습니다. 이런 이들이 바로 삼류겠지요. 쇼펜하우어의 저 독설이 새삼스럽습니다. 정약용 선생의 「늙은이의 한 가지 통쾌하고 기쁜 일(老人一快事)」이란 아래 시 두 구를 곰곰 음미해 보십시오.

나는 누구인가. 조선사람이다. 我是朝鮮人
달갑게 조선의 시를 짓겠노라. 甘作朝鮮詩

다산 선생은 '조선중화(朝鮮中華)'라고도 하였습니다. 조선이 문화의 중심이란 뜻이지요. '조선사람이기에 조선시를 쓴다'는 다산의 선언입니다.

다산 선생은 '나는 천성적으로 시를 좋아하지 않는다'고 하였지만, 쓴 시들은 모두 조국 조선을 위한 시였습니다. 다산은 글을 쓸 때, 고사를 잘 사용하라고 하였지만, 그가 말한 고사는 『삼국사기』·『고려사』·『국조보감』·『징비록』·『연려실기술』 등 우리 자료였지 중국의 문헌도 아니었습니다. 다산 선생의 시에 보이는 보릿고개를 맥령(麥嶺)이라 한다든지, 높새바람을 고조풍(高鳥風), 마파람을 마아풍(馬兒風), 새색시를 아가(兒哥)라 차음하여 사용한 것도, '조선시 정신'으로 한자를 우리말화 시켜 버린 소산이지요. 2,400여 수나 되는 다산 선생의 시는 모두 이 '조선시 정신'입니다.

우리 지식인들의 독점적 권위를 부여하는 '논문'을 서양문화의 수입으로 여기고 자생적 글쓰기를 주장하는 전주 한일신학대학교 김영민 교수의 글도 있습니다(김영민, 『탈식민성과 우리 인문학의 글쓰기』, 민음사, 1996 참조).

강의 평가

강의평가, 두려움과 망연함의 교차, 참 난감한 문제다. 아래는 서울교육대학교 학생들이 준 1학기 강의평가이다. 그야말로 '극 대 극'이다. 어디서, 어떻게, 무엇을 고쳐야 하는 걸까? 종이가 뚫어지도록 쳐다보고 또 쳐다본다.

2018학년도 1학기 학생평가의견조회

당당교수 : 국어과 간호윤 교수
과 목 명 : 체험과작문
평가문항 : 이 강의에서 특별히 좋았던 점이나 개선 사항, 또는 기타 제안하고자 하는 내용을 구체적으로 적어 주십시오.

순번	학생 의견	비고
1	매우 우수	
2	감사합니다	
3	활동적인 교수님의 모습이 학생들인 저희들로 하여금 열정이 샘솟게 해주셨습니다.	
4	없다	
5	학생들의 발표를 위한 노력이 다했던 수업인것같습니다	
6	한 학기동안 수고하셨습니다 교수님	
7	학생들과 소통 부족 오래된 관습적인 사고 방식 자신의 의견만을 추구 자신의 책 위주의 수업이라 이게 교사로서 필요한 수업인지 의심	
8	수업내용이 이해하기가 어렵습니다. 구체적인 피드백이 있었으면 좋겠습니다	
9	앞으로도 학생들과 눈높이를 맞추려고 노력해주셨으면 좋겠습니다.	
10	조별과제로 강의가 진행되어 지루하고 힘들었으나 교수님이 중간에 종종해주시는 말씀이 좋았음	
11	글쓰기 실력도 향상이 되었지만 무엇보다 창의적인 사고로 사물을 바라볼 수 있게 되어서 유익했습니다.	
12	기존의 틀을 깨는 강의 너무 좋았습니다.	
13	글쓰기 실력이 향상되는 수업이었던 것 같습니다.	
14	.	
15	글쓰기 과제를 통해 학생 스스로 글을 써보게 하는 것이 인상적이었다.	
16	한 학기동안 즐거웠습니다~	
17	너무 내용이 뜬 구름 잡는 것 같다는 느낌이 들었어요	
18	선생님이 일단 사회에 대해 많은 관심을 갖고 계신 모습이 자극이 되었고, 일주일에 한 번씩 글을 쓰는 것도 너무 좋았다. 하지만 가끔 책의 내용이 실력 한문이 많고 그래서 이해가 안되어서 ㅠㅠ 조금더 쉽게 예시를 많이 들어서 설명해주셨으면 좋겠다는 생각이 들었다. 팀플도 너무 좋았다. 진짜 수업을 진행하시는 느낌이 들어서 많이 배웠다.	

'노회찬 의원 투신 사망'이란 기사를 보고

기사 아래에 이런 댓글을 써넣었다.

> "이런 일이………정말 죄 지은 사람들은 멀쩡히 살아 있거늘………. 참 무엇이 옳은지 무엇이 그른지 모르겠습니다. 세상살이가 새삼 어렵다는 것을 실감합니다. 삼가 고인의 명복을 빕니다."

정치인의 죽음에 대한 글은 노무현 전 대통령에 이어 두 번째이다. 노회찬 의원은 그래도 이 나라 정치인 중에는 참 좋은 분이라 생각했다. 그렇다고 내가 저 이를 안다는 말이 아니다. 나와 인연이라면 그저 언론을 통해 듣고 본 정도에 지나지 않는다. 꽤 오랜 정치인 생활을 했는데도 저 이의 말은 조곤조곤하고 논리적이며 따뜻하였다. 늘 저 이는 이 사회의 정의와 안녕을 위해 노력하는 게 느껴졌다. 언젠가 대담프로에서 본 저 이의 수줍은 듯한 미소에서 '정치인치고는 꽤 순박한 이로구나' 하는 생각도 들었다. 저 이의 눈에서 정치인들에게 흔히 보는 교만함보다 선량함이 읽혔다. 링컨이 말했다던가, 나이 40이 넘으면 자기 얼굴에 책임을 져야 한다고. 그래, 나는 저 이를 대한민국 국회의원 중, 몇 안 되는 진정한 국민의 대변자로 여겼다.

『후흑학』(이종오, 위즈덤하우스)이란 책이 있다. '후흑'은 얼굴이 두텁다는 '면후(面厚)'와 마음이 시커멓다는 '심흑(心黑)'을 합성한 말이다. '뻔뻔함'과 '음흉함'으로 번역할 수 있다. 중국 고금의 영웅을 돌아보니 모두 '후흑'이란 두 자로 통하더라는 말이다.

어디 저것이 중국만의 문제이랴. 사실 우리나라 정치인들 대부분 이 '후흑'이란 두 글자를 반드시 옆구리에 끼고 여의도 국회의사당을 서성대는 무람없는 치들이 여간 많지 않은가. 노회찬 의원의 정치자금 수수로 인한 죽음을 보면서 이 '후흑'이란 두 글자가 생각났다.

극단적인 선택을 한 노회찬 의원의 마음을 알 수는 없다. 하지만 적어도 저 이의 마음결에서 '후흑은 없음'을 조심스럽게 아주 조심스럽게 읽어본다.

삼가 노회찬 의원의 명복을 빈다.

2018년 7월 23일.

구병성의

근 서너 달이 지나도록 글을 못 쓰고 있다. 몇 개의 연구 테마가 없는 것은 아니지만 진득하니 생각을 앉히지 못한다. 고얀히* 세상에 대한 옥생각만 잠꼬대하듯 드니 괴롭다. 여기에 이 폭염 속 제 주인 위해 온몸 바쳐 맹렬히 도는 늙은 선풍기의 가르랑 소리가 애처롭기에 죄만스럽다.

전에 써 놓은 글을 뒤적이다 아래 글이 눈에 들어온다. 가만가만 읽어 본다.

'구병성의(久病成醫)'라는 말이 있다. 풀이하자면 '오랫동안 병을 앓다 보면 자신이 의사가 된다'라는 말이다.

저 말을 곰곰 뜯어보면 그저 골독하니 들이는 정성이다. 그래 저 물 건너 서쪽에 사는 에릭슨이란 이는 이것을 연구하여 '10년의 법칙'이라는 규칙을 만들어 냈으며 말콤 글래드웰의 『아웃라이어』라는 책에서도

* 공연히(아무 까닭이나 실속이 없게)의 경기 방언.

이 '1만 시간의 법칙'을 성공의 비결로 들고 있다. 1만 시간이란 매일 하루도 거르지 않고 3시간씩 10년을 투자해야 한다는 노력에 대한 계산이다. 이 또한 최상의 목표를 이루는데 걸리는 정성의 시간을 대략 10년이나 잡는다는 의미이다. 우리말에도 '10년 공부 나무아미타불'이나 '10년이면 강산이 변한다'라는 속담이 있는데 이 말이 저 말이다. 10년 노력을 했거늘 어찌 변하지 않겠는가. 87,600시간이거늘.

10년×365일=3,650일×24시간=87,600시간.

그러나 사실 말이야 바른 말이지만, 공부가 여간 힘든 게 아니다. 오죽하였으면 "이놈의 소 『맹자』를 가르칠까 보다"라는 이야기가 있으랴. 소가 게으름을 피우니, 공포감을 한껏 주는 소리이다. 예로부터 공부하는 것을 "공자 왈 맹자 왈"이라 하니, 맹자를 가르친다 함은 공부를 말함이다.

나 역시 강산이 두서너 번 바뀌도록 국문학이라는 병을 앓고 있다. 헌데 나는 '의사'가 못 되려는지, 병이 꽤 깊어 명치에 박혔는데도 도통 진척이 없다. 그래도 이 고질병을 자꾸만 더 앓으련다. 정성을 다해 오늘도 입을 앙다물고 당조짐을 해대며 끙끙 앓으련다. 그래 눈처럼 흰 설화전(雪華牋) 한 폭을 마음에 깔아 놓고 '정성(精誠)' 두 글자를 써 본다.

'정성' 이야기가 나왔으니, '천하명필' 이야기 한 자락 여담으로 놓겠다.

옛날에 한 부자가 금병풍을 꾸며 놓고 천하명필에게 글씨를 받으려 했다. 한 무식꾼이 후한 대접을 해 준다는 데 끌려 그만 명필인 체 하여 찾아 들었다. 허나, 이 무식꾼. 명필은커녕 겨우 '한 일자(一)'만 알 뿐이었다. 재촉하는 사람들에게 '한 달 동안 정신을 가다듬어야 한다' 속이고, '먹을 간다' 하고 또 한 달을, '붓을 만진다'고 다시 한 달을 보내며 좋은 음식만 축냈다.

날이 가고 달을 보내며 걱정이 태산인 무식꾼, 일이 꼬여 그저 왼 새끼만 꼬며 석 달을 보내자 이제는 핑계 거리도 없고 하여 '한일 자'만이라도 써 놓고 도망치려 하였다. 그래 정신을 가다듬고 한 달 동안 매만진 붓으로 먹물을 듬뿍 묻혀 이쪽에서 저쪽으로 일획을 죽 그었다. 그리고는 냅다 뛰어 '오금아 날 살려라' 뺑소니를 놓다가는 그만 대뜰에서 뒹굴며 나자빠져 죽어 버렸다.

주인은 좋은 병풍 잃고 송장치고 하여 심기가 여간 사나운 것이 아니었다. 쓸모없는 병풍은 접어 광에다 처넣어 버렸다. 그런데 그날부터 밤이면 상서롭지 않은 광채가 광에서 났다.

어떤 박물군자가 찾았기에 이 이야기를 하고 그 병풍을 보이니 깜짝 놀라며 말했다.

"천하명필이오. 사람 목숨 하나는 들였겠소. 밤마다 광에서 나는 빛은 이 글씨의 상서로운 기운 때문이오. 무식꾼이 석 달 동안 얻어먹으면서 노상 글씨 때문에 좀 걱정을 했겠소. 석 달이나 온통 글씨 생각만 골독하니 하다가 한 획을 그었으니, 그 '한 일자'에 온 정성이 다 들어간 것 아니오. 아, 그러니 남은 힘이 있겠소. 죽을 수밖에."

무식꾼도 한 군데 골독하니 정성만 쏟으면 명필이 된다는 이야기이다.

『기인기사』에 나오는 내용이다.

누드화 논란

지겹다 '내로남불'

분수대

안혜리
라이프스타일 데스크

노인 비하 등으로 구설수에 올랐던 더불어민주당 표창원 의원이 또 한 번 논란을 일으켰다. 이번엔 그의 주도로 국회 의원회관에서 열리고 있는 시국 비판 풍자 전시회가 문제가 됐다. '박근혜 정권에 찍힌 작가들의 통쾌한 반격'이란 홍보문구를 단 전시출품작 중 에두아르 마네의 명작 '올랭피아'를 패러디했다는 '더러운 잠'이 특히 논란거리다. 박근혜 대통령을 나체로 묘사한 이 그림을 두고 여성 의원들은 "(풍자가 아닌) 여성 대통령을 향한 노골적 성적 비하와 조롱"이라며 반발했고, 민주당도 서둘러 표 의원에 대한 윤리심판원 회부를 결정했다. 벌거벗은 박 대통령과 그의 비선 실세 최순실이 뒤엉킨 이 그림에 그만큼 여론이 차가웠기 때문이다.

표 의원은 전시 개막 당일인 1월 20일 자신의 트위터에 바로 이 작품 앞에서 찍은 사진과 함께 '놓치면 후회할 국회 사상 초유의 시국 비판 정치 풍자 전시'라고 올려 적극적으로 홍보하더니 이제 와선 역할에 비해 과도한 비난을 받는다며 억울해한다. 그가 내세우는 건 예술의 자유다. 문화계 블랙리스트로 박근혜 정부가 공분을 사고 있는 만큼 표현과 예술의 자유를 앞세우면 모든 게 용납된다고 믿는 모양이다. 블랙리스트에 수긍하지 못하는 사람이 많고 표현의 자유를 존중해야 하는 것도 맞다. 그럼에도 사람들은 이 소란을 풍자의 관점이 아니라 저열한 조롱과 여성비하로 바라본다. 왜일까.

우선 그림 자체에 원인이 있다. '올랭피아'는 티치아노의 '우르비노의 비너스'에서 모티브를 얻은 작품이다. 19세기만 해도 여성의 벗은 몸은 신화를 빙자했을 때나 그릴 수 있었는데, 마네는 현실 속 여성을 등장시켰다. 게다가 관객을 응시하는 도발적 시선으로 당시 주류 사회 남성 관객의 반발을 불러일으켰다. 그런데 '더러운 잠' 속 박 대통령은 눈을 감고 고개를 숙인 채 굳이 옷만 벗고 있다. 그러니 여성을 성적인 대상으로 만들어 조롱했다는 비난을 받는 것이다.

또 다른 이유는 표 의원의 기울어진 균형감각에서 찾을 수 있다. 일부에선 미국 도널드 트럼프 대통령의 나체 조각상도 등장하는 마당에 무엇이 문제냐고 한다. 표현의 자유 논란을 떠나 거리예술가가 사적으로 하는 작업과 국회의원 주도로 국회에서 열리는 전시는 분명 다르다. 그런데도 표 의원은 예술의 자유만 떠든다. 그가 그동안 문제 삼던 일베의 태도와 무엇이 다른지 모르겠다. 실제로 '표현의 자유'라는 주장에 '일베 의문의 1승'이라는 답글이 달린 걸 보았다. 지겹다, 내로남불(내가 하면 로맨스 남이 하면 불륜).

국회 〈시국풍자전시회〉에 걸린 '박근혜 씨와 최순실 씨 누드화'가 논란이다. 나 역시 이 그림을 본 느낌은 썩 좋지 않다.

오늘자 신문 『중앙일보』에는 이 전시회를 주최한 표 의원에 대한 성토기사가 여러 곳에 보인다.

옆 기사도 그 중 하나이다. 그런데 문장이 좀 이상하다.

"표현의 자유논란을 떠나 거리 예술가가 사적으로 하는 작업과 국회의원 주도로 국회에서 열리는 전시는 분명 다르다."라는 문장이다.

'거리예술가가 사적으로 하는 작업', '국회의원 주도로 국회에서 열리는 전시'는 다르다는 말이다. 좁혀보자. 군더더기 떼어 내면 '거리예술가와 국회의원은 다르다'는 말이다. 무엇이 다른가? 국회의원과 거리예술가가 무엇이 다르냐는 말이다. 한 사람은 거리에서 그림 그리는 게 직업이고 한 사람은 국회에서 정치하는 게 직업이다. 거리예술가와 국회위원은 비교 대상이 아니다. 더욱이 문맥상으로 보면 거리예술가를 분명 비하하고 있다.

저 '박근혜 씨와 최순실 씨 누드화' 문제는 보는 이의 '좋다…나쁘다' 문제이지, 결코 '옳다…그르다'의 문제가 아니다. (…:은 수많은 좋다와 나쁘다 사이의 감정, 옳다와 그르다 사이의 감정이다.)

국회에서 열리는 전시회는 무엇이 다른가? 거리예술가 그림이 국회에 걸리지 말아야 할 이유는 그 어디에도 없다. 더욱이 거리예술가와 국회의원을 이분법으로 딱 잘라 나눔은 저 인도 카스트제도나 왕조시대 신분제도와 다를 바 없다. 이야말로 붙박이 관습적 사고가 아닌가.

이 기사를 읽으며 18세기 정조의 문체반정이 오버랩되었다. 조선의 군주 정조는 순정고문을 요구하였다. 그러나 순정고문은 "문필은 진나라와 한나라를, 시는 성당을 본받자(文必秦漢 詩必盛唐)"였다. 이러한 글들은 모두 임금에 대한 충성이었고 이백과 두보는 짝패가 되어 조선 문인들 정신을 박탈하였다. 이는 모방주의와 형식주의에 얽매인 의양호로(依樣葫蘆, 독창적인 면은 조금도 없이 남의 것을 모방) 문체만을 복기(復棋)할 뿐이었다. 문을 무보다 높이는 우문정치(右文政治)를 강조하는 조정 정책과도 어깃장이다. 순정고문은 조선을 중국의 정신적 속국으로 만드는 조선중화주의(朝鮮中華主義)의 강력한 첨가제일 뿐이었다. 하지만 그 시절, 조선 문인 대다수는 저 순정고문에 자발적 복종의 맹세를 서슴지 않았다.

실학을 주장하는 이들은 이를 분명히 인지하고 있었다. 괴롭지만 진실을 찾으려 했다. 이익, 박지원, 박제가, 홍대용, 김려, 이옥 등 실학자 글들은 마땅히 '조선 문'에는 '조선 정신'이 들어 있어야 한다고 생각했다. 선생들 글에는 그래 조선의 인정물태가 넘쳤다. 글 속에 조선이 있고 백성들 날숨소리가 살아났다. 선생들 붓끝에서 피어난 꽃인 글들은 하나같이 당대 삶을 이 시절까지 전해주고 있다.

물론 정조와 모방주의에 자발적 복종의 맹세를 한 대다수 성리학자들은 저 실학자들의 글을 글이 아니라고 패대기를 쳤다.

붙박이식 사고와 부귀영화를 양심과 환전했기에 가난은 저 이들 삶이었다. 식솔은 굶주렸고 곳간은 텅 비었다. 저 실학자들의 글은 하나같이 누더기 옷과 찢어진 갓을 쓰고 찬바람이 드는 방에서, 또는 귀향길 주막집에서 이루어졌다. 하지만 우리 문학사에서는 난만한 꽃 시절을 보여 주었니 꽤 슬픈 아이러니이다.

각설하자.

오늘날 우리는 저 실학자들의 글을 교과서에 올리고 인문학을 운운한다.

저 '박근혜 씨와 최순실 씨 누드화' 문제는 보는 이에게 맡겨야 한다. (물론 보는 이에 따라 '좋다, 아이디어는 그럭저럭, 뭘 저런 걸 그림이라고, 영 떨떠름한 것이, 나쁘다' 등 다양한 감상이 있으리라.)

최순실 씨 국정농단에 연인원 1,000만 명이 광화문에 나갔다. 우리는 이제 저 정도의 그림 감상쯤은 하고도 남는다. 개개인의 생각에 맡기면 된다.

'박근혜 씨와 최순실 씨 누드화'도 영 떨떠름한 것이 눈살을 찌푸리게 한다. 하지만 '거리예술가가 사적으로 하는 작업과 국회의원 주도로 국회에서 열리는 전시는 분명 다르다.'는 대한민국 사람 머리에 대못 서너 개 질러놓은 '직업과 신분의 차이'를 보는 듯하여 전율스럽다. 마치 눕혀져, 프로크로스테스의 침대(Procrustean bed)보다 길다고 다리를 잘리는 사람처럼.

21세기이다.

국회도 청와대도 성역이 아니고 국회의원도 대통령도 얼마든 풍자 대상이 될 수 있다. 조선왕조식 붙박이 사고방식은 분명 '옳지 않다'. 그렇기에 '그르다'고 생각한다.

태어나고 자라면서 이 땅의 편견, 선입견 등이 우리 머리에 쿡 질러 놓은 대못 서너 개, 좀 빼면 안 되나?

붓에는

이상적 선생의 글을 읽다가.

붓에는 맑은 운치 흐르고　　相毫流其淸韻
먹에는 그윽한 향기 풍기나이다　翠墨扇其幽芬

유구무언이라.

벗

나이를 더할수록 벗에 대한 생각이 복잡하다. 전에는 어린 시절 함께 한 동무가 그저 벗인 줄 여겼다.

연암 선생은 친구를 어떻게 생각하고 있었을까? 자문을 구해본다. 선생의 『회성원집발(繪聲園集跋)』(중국인 곽집환(郭執桓)의 시집)에는 이 우정이 비교적 소상히 기록되어 있으니 옮기면 이렇다.

> 옛날에 친구(朋友)를 말하는 자는 혹 '제이오(第二吾, 제2의 자아)'라 부르기도 하고 혹 '주선인(周旋人, 자신의 일처럼 돌보아 주는 사람)'이라고도 하였다. 이런 까닭에 한자를 만든 사람이 '우(羽)'자를 빌려와서 '붕(朋)'자를 만들고 '수(手)'자와 '우(又)'자로 '우(友)'자를 만들었다. 말하자면 새에게 두 날개가 있고 사람이 두 손이 있는 것이다. 그러나 말하는 자는 "상우천고(尙友千古, 천고의 고인을 벗한다)"라 하니 답답하구나, 이 말이여! 천고의 고인은 이미 죽어 변화하여 흩날리는 티끌이나 서늘한 바람이 되었을 것이다. 그런즉 장차 누가 나를 위해 '제이오'가 되며, 누가 나를 위해 주선인이 될 것인가.

古之言朋友者 或稱第二吾 或稱周旋人 是故造字者 羽借爲朋 手又爲友 言若鳥之兩羽 而人之有兩手也 然而說者曰 尙友千古 鬱陶哉 是言也 千古之人 已化爲飄塵冷風 則其將誰爲吾第二 誰爲吾周旋耶?

이 글에서 우리는 선생의 친구에 대한 생각 두 가지를 읽을 수 있다. 하나는 '제이오, 제2의 자아'요, '주선인, 자신의 일처럼 돌보아 주는 사람'이라 할 만큼 매우 가깝게 여긴다는 의미이다.

또 하나는 친구란 상우천고가 아니라는 점이다. '상우천고'란, 중국의 양웅(揚雄)이 『태현경(太玄經)』을 지을 때 나온 고사성어이다. 이 책이 너무 어려워 곁에 있던 이가 그 어려운 책을 누가 읽겠느냐고 퉁을 주자, "나는 천 년 뒤의 양자운을 기다릴 뿐일세."(양자운(揚子雲)은 바로 양웅의 자이다. 그러니 양웅은 천 년 뒤에 자기 글을 이해할 자기와 같은 사람을 기다린다는 말이다.)라고 대답하였다.

그러나 천 년 뒤에 자기를 알아 줄 벗이 나타난들 이왕지사(已往之事)이니, 얼굴도 볼 수 없고 말 한마디 나누지 못하니 어찌 친구가 될 수 있겠나. 그런데 이 말이 우리나라에서는 '천고의 옛 벗을 숭상한다'거나 '책을 벗삼음' 등 제법 좋게 받아들였고 연암은 이 점을 정확하게 지적한 것이다.

연암은 이러한 벗 사귐을 용납할 수 없었다. 따라서 뒷마디를 다음과 같이 쓴다.

… 즉 누가 능히 답답하게 위로 천고의 앞으로 거슬러 올라가고 어리석게 천 년 뒤를 더디 기다리겠는가? 이로 말미암아 본다면 벗은 마땅히 지금의 당시 세상에서 구해야 함이 분명하다 하겠다.

… 則孰能鬱鬱然 上溯千古之前 昧昧乎遲待千歲之後哉 由是觀之 友之必求於

現在之當世也 明矣.

벗'은 과거가 아닌 현재성을 갖는다는 성찰이다. 이로 미루어 보면 벗(친구)은 먼 과거에서 불러올 수 있는 학문도 과거의 소꿉놀이 동무도 아니다. '벗은 늘 현재 내 삶의 주변에 있다' 하니 지금 바로 내 옆에 있는 사람, 그 사람이 바로 벗이란 말이다. 이덕무의 『선귤당농소(蟬橘堂濃笑)』를 본다. 역시 벗 사귐에 대한 글이다. 한참을 들여다본다.

> 만약 내가 벗 얻는다면 내 마땅히 10년 동안 뽕나무 심고 1년 동안 누에 길러 손수 오색실에 물들이리라. 10일에 한 가지 빛깔을 물들여 50일이면 다섯 가지 빛깔이 되리라. 이를 따뜻한 봄볕에 말려서 연약한 아내로 하여금 백 번이나 단련한 바늘로 내 벗의 얼굴을 수놓게 한 다음, 고운 비단으로 장식하고 옥으로 틀을 만들리라. 이것을 가지고 높은 산이 불쑥불쑥 솟은 곳, 흐르는 물이 넘실넘실 흘러가는 곳에다 걸어놓고 말없이 한참을 바라보리라. 벗은 말이 없고 저물녘 둘둘 말아 품에 안고 돌아오리라(若得一知己。我當十年種桑。一年飼蠶。手染五絲。十日成一色。五十日成五色。曬之以陽春之煦。使弱妻。持百鍊金針。繡我知己面。裝以異錦。軸以古玉。高山峨峨。流水洋洋。張于其間。相對無言。薄暮懷而歸也).

'그렇다면 지금 내 벗은 누구인가?'

성적평가를 하며

1.

2018년 7월 1일, 장맛비가 연일이다. 이 맘 때면 또 학생들에게 성적을 매기는 시간이다. 고약한 시간이요, 고역인 작업이다. 내 성적 평가에 의해 학생들은 희비가 나뉜다. 나 역시 학생들이 나에게 준 교수평가를 본다. 곤혹스럽기는 학생들 성적 매김과 다를 바 없다.

가끔씩 인터넷 세상도 거닐어 본다. 몇몇 학생들은 인터넷 마당에 자기가 수업 들은 평가를 걸어놓기도 해서이다. 방법은 의외로 간단하다. 내 이름 석 자만 치면 된다. 그때 마주치는 내 이름 석 자가 들어간 글 줄. 누구나 그렇지만 최선을 다해 수업을 하려한다. 나 역시 그러하다. 하지만 학생의 글 줄 속에 나는 형편없는 수준 이하의 선생에 지나지 않는다. 그런 글 줄을 마주칠 때면 참 저 학생에게 내가 선생이란 게 죄만스럽다.

오늘, 그래서인지. 내 저서 『사이비』에 써 놓은 '머리말 2'를 스산한 마음으로 주억거린다. '선생은 있되, 선생이 아닌 '사이비 선생'이 바로

나 아닌가?' 하는 의문이 빗줄기처럼 온몸에 착착 감긴다.

2.

이 책을 한 출판사에 의뢰했더니 어느 비오는 날 '부정과 넋두리로 된 글'이라 출판하기 어렵다는 답변이 왔다. 그렇다! 맞는 소리이다. 난 이런 답변을 보냈다.

> "난 이 세상을 긍정적으로 보려 애쓰지 않습니다. 난 내 손가락으로 세 사람도 존경하는 이를 꼽을 수가 없답니다. 서자서아자아(書自書我自我), 말 그대로 책은 책대로 나는 나대로, 말과 행동이 다른 자들은 어제도, 오늘도, 충분히 보았고 내일도 볼 듯합니다.
>
> 내 글은 지금 내가 내 눈으로 이 세상을 본 글입니다. 글은 꼭 긍정일 이유가 없습니다. 또한 '글은 해원(解冤)의 도구로 작동'할 수 있기에 넋두리 또한 가능합니다. 사람들에게 힘을 주는 글은 누구나 씁니다. 나는 내 글을 씁니다. 그래 세상을 속이려는 글이나 현실을 아름답게 꾸미는 글, 혹은 순결한 감정만을 적바림하고 싶지 않습니다. 그것은 나를 속이는 글이기 때문입니다."

이 책은, 그러니 이 책의 글들은 사이비인 내가 세상을 본 그대로를 가감 없이 엮어 놓은 것이다.

휴헌, 할아버지가 되다

1.

2018년 6월 15일 4시 20분, 생전 처음 할아버지가 되었다. 손녀란다. 제왕절개를 했으나 산모도 아이도 건강해 고마울 따름이다. 아들 녀석은 사진을 전하며 '못 생겼다'고 투덜거린다. 가만 사진을 보니 아들과 딸의 어릴 때와 판박이 같아 웃었다. 내가 보기에는 아직 눈을 감고 있어 그렇지 동그란 얼굴에 이마며 눈매하며, 특히 오똑한 코와 입매가 틀림없는 미인상이다. 이런 것을 두고 '피는 못 속인다'고 하나보다.

그러고 보니 내 호칭이 아들에서 아빠로, 그리고 오늘 할아버지로 달라졌다. 그만큼 세월이 흘렀나보다. 시나브로 내 나이가 그렇게 되었다는 뜻이다.

이왕이면 손녀에게 좋은 할아버지가 되고 싶다. 문제는 오늘 '첫-'할아버지가 되어 전혀 할아버지에 대해 모른다는 게 결점이다. 차차 시간을 두고 배워가는 수밖에 없다.

늦은 저녁, 증조할머니가 되어 버린 내 어머니께서 소식을 듣고 전화하셨다. "자네 할아버지가 되었다며 그만큼 짐이 무거운거여." 모쪼록 아들 내외와 손녀가 건강하고 행복한 삶을 가꾸기를 기도해본다.

2.

세상을 산다는 것. 분명 어제와 오늘이 같은 듯하건만 꼭 그러한 것도 아니다. 아들 내외 살림집이 있는 대구를 찾았다. 그리고 어제의 나는, 이 아이 앞에서 한 사람의 할아버지가 되어 만났다.

나에게 할아버지라는 칭호를 준 지 한 달 만에 만남이다 . 태어나 처음으로 우리는 서로 손을 잡아보았다. 품에도 안아보았다. 핏줄이라는 게 참 묘한 끌림을 준다. 안기조차 미안한 작은 몸뚱이지만 우리 둘 사이에는 꽤 큰 울림이 지나갔다.

오늘 난 이 아이 옆에서 잠을 청해본다. 하룻밤만이라도 아들 내외의 육아를 맡아본다. 아들 내외에게 이 세상은 팍팍한 삶이리라. 한참을 잠투정하다 잠든 아이의 얼굴을 바라본다. 그리고 가만가만 기원을 해본다. …행복하렴. 네 뜻을 펼쳐보렴. 은설이란 이름처럼 넉넉한 맑은 마음을 갖으렴.

내가 이 아이에게 줄 것은 제 아비에게도 그랬듯이 아무것도 없다. 물질도 명예도 권력도, 아무것도 이 땅에서 얻지 못한 나다.

무엇이 불편한지 뒤채는 아이의 가슴팍을 쓸어준다. 심장이 팔딱팔딱 뛴다.

이렇게 우리는 손녀와 할아버지로 첫 날을 시작한다.

제자의 우중산보

장맛비란다. 빗줄기가 제법 휴휴헌 창을 때린다. 제자가 찾아왔다. 완연 40대 중반의 나이였다. 고3 시절 담임선생을 26년 만에 만나러 온 녀석치고는 후줄근한 옷차림에………

"아, 비 오는 데 우산이라도 쓰고 오지."

"예, 전 우산 잘 안 써요. 귀찮기도 하고요. 선생님을 보고 싶었습니다."

이러저런 이야기가 이어졌다.

부모님은 돌아가셨고, 두 번의 결혼에서 21살, 10살, 형제를 얻었고, 애들 엄마와는 모두 이혼하였고, 지금은 임시직이지만 얘들을 위해 열심히 산다는 내용을 담담하게 풀어놓았다.

학창시절 밝은 아이 정도로만 기억하고 있었다. 아니었다. 이미 그 시절부터 가난은 그의 삶을 옥죄고 있었다. 친구에게든 담임에게든 내색을 안 했을 뿐이었다.

"소주는 한잔하니?"

"예."

서재 앞 선술집으로 자리를 옮겼다.

회색빛 하늘은 소주만큼이나 맑은 빗줄기를 심드렁하게 쏟아부었다.
잠시 화장실을 다녀오는 사이에 제자가 계산을 해놓았다.
나는 돌아서는 제자에게 비닐우산을 건네주었다.

서재로 돌아와 문자를 보냈다.
"오늘 잘 먹었다. 평안히 가렴. 행복하기를 기원한다."
"감사합니다. ㅎㅎ 자주 찾아뵙겠습니다. 건강하세요."

가만 보니 제자의 카톡 메인화면 뒤편에 글이 보였다.
'우중산보'

다시 가만 생각해보니 나야말로 우중산보(雨中散步)를 가고 싶은데 갈 곳이 없다.

참(站)

“하ᄅᆞ 아홉 참(站)식 열 참(站)식 녀거늘.”

“하루에 아홉 참씩 열 참씩 가거늘”이라는 뜻으로 조선시대 간행된 『박통사언해(朴通事諺解)』라는 책에 보이는 용례입니다. 여기서 ‘참’이란, 공무로 여행하는 사람이 쉬던 곳을 이르는 말이지요. ‘역참(驛站)’이라고도 합니다.

‘한참 기다렸나?’처럼 우리가 자주 쓰는 이 ‘한참’도 여기에서 유래하였습니다. ‘한참’은 두 역참 사이의 거리를 가리키던 데서 비롯한 말로, 역참과 역참 사이의 거리가 멀기 때문에 그 사이를 오가는 시간이 오래 걸린다는 뜻이지요. 즉 공간 개념이 시간 개념으로 바뀐 경우라 하겠습니다.

그리고 새참(곁두리)이니, 밤참이니, 할 때의 ‘참’도 이 참에 잇댑니다. 여기서 ‘참’은 일을 하다가 잠시 쉬며 먹는 음식이지요. 우리 속담에 “고추 밭을 매도 참이 있다”라는 말이 있습니다. 고추 밭 매기처럼 헐한 일이라도 ‘참’을 준다는 뜻으로, 작은 일이라도 사람을 부리면 보수로 끼니는 때워 줘야 한다는 속담이지요.

이외에도 '참'은 '일을 하다가 쉬는 일정한 사이'나 "집에 가려던 참이다"처럼 무엇을 하는 경우나 때를 지칭하는 따위, 그 쓰임새가 참, 여럿입니다.

팍팍한 세상살이입니다. 오늘이 내 인생에 잠시 삶을 내려놓은 '참' 날이었으면 합니다.

1%：99%가 건네주는 진실

피파랭킹 57위 대한민국이 1위 독일을 이길 확률은 1%였다. 그러나 결과는 2：0으로 우리가 승리했다. 번연한 진리가 더 이상 진리가 아니었음을 확인케 해주는 축구 경기였다.

"걸핏하면 '예의의 나라'라고 하는데 나는 이 말을 본디부터 추하게 여겼다. 천하 만고에 어찌 국가가 되어 예의가 없겠는가? 이는 중국인이 오랑캐들 가운데 바로 예의가 있음을 가상히 여겨 '예의의 나라'라고 부른 것에 불과하다. 본래 수치스런 말이니 스스로 천하에 뽐내기에 부족하다. 차츰 지체와 문벌이 생기며 번번이 '양반 양반' 하는데 이것은 가장 감당키 어려운 수치스런 말이요, 가장 무식한 말이다.

지금도 걸핏하면 자칭 '예의의 나라'라지만, 이는 예의가 무엇을 말하는지도 모르면서 입버릇처럼 떠들어만 대는 것이다."

연암의 손자요, 개화사상가인 박규수(朴珪壽)는 '동방예의지국'이란 말에 냉소를 보낸다. 박규수 선생의 『환재총서(桓齋叢書)』 6 「여온경(與溫

卿)」 32에 보이는 내용이다. '동방예의지국'이란 말도 이렇고 보니 함부로 사용할 말이 못 된다. 번연한 진리도 곰곰 생각 끄나풀을 잡고 발맘발맘 따르다 보면 이렇게 의외의 곳에 도달하는 경우가 부지기수다.

그 하얀 펠리컨 새끼는 검은빛이요, 파란 바다 아닌 붉은 바다가 세네갈에 있고, 빛으로 어둠 몰아내는 게 아니라 빛 밝힐수록 어둠 또한 확대되고, 달은 어둠과 밝음을 함께 지닌다는 명료한 사실들 말이다.

또 우리나라 식량자급률이 겨우 51%에 곡물 자급률로만 따진다면 26.2%로 경제협력개발기구 30개국 중 26위라는 사실, 1·2·3·4·…10에서 중심은 5가 아니라는 사실(10이 없어야 5가 중심)은 또 어떠한가.

다음 ( )에 들어갈 숫자는 무엇일까? 1, 2, 3, 4, ( ). 답은 '5가' 아니다. 5도 되지만 5.01, 5.1, 6…. '5'만 넘으면 된다. 무한 숫자가 들어갈 ( )에 5만 덩그러니 넣어놓고 답이라 우긴다면, 창의 영역을 담당한다는 우리 우뇌는 그야말로 음식 눈요깃감인 데코레이션에 지나지 않는다. 이러한 예는 우리 사회 곳곳에 악마처럼 숨어 있다. 대학의 서열, 1등과 꼴찌, 사장과 회사원, 부자와 가난한 자, …를 보는 우리의 일상화된 관습 속에 번연한 사실로.

승률 1% 한국 축구가 99%의 독일을 이겼다. 그것도 2:0으로. '1:99'의 숫자가 우리에게 주는 교훈은 '번연한 사실도 곰곰 되짚어보아야 한다'는 것이다.

야생의 세계

"어린아이가 울고 웃는 것과 시장에서 사람들이 사고 파는 것도 익히 보고서 그 무엇을 느낄 수 있고, 사나운 개가 서로 싸우는 것과 교활한 고양이가 재롱을 떠는 것을 가만히 관찰하면 지극한 이치가 이들 속에 있다. 봄 누에가 뽕잎을 갉아먹는 것과 가을 나비가 꽃꿀을 채집하는 것에는 하늘의 조화가 그 속에서 움직이고 있다. 수많은 개미들이 진을 이를 때 깃대와 북을 빌리지 않아도 절제가 있어 스스로 정돈이 되고, 수많은 벌의 방은 기둥과 들보가 없는데도 칸 사이의 규격이 저절로 고르다. 이것들은 모두 지극히 가늘고 지극히 적은 것이지마는 그곳에는 지극히 묘하고 지극히 무궁한 조화이다(嬰兒之啼笑 市人之買賣 亦足以觀感 驕犬之相鬨 黠猫之自弄 靜觀則至理存焉 春蠶之蝕葉 秋蝶之採花 天機流動 萬蟻之陣 不藉旗鼓 而節制自整 千蜂之房 不憑棟樑 而間架自均 斯皆至細至微者 而各有至妙至化之無邊焉)."

연암 선생의 제자이자 조선 후기의 서얼 출신 실학자 이덕무 선생의 『청장관전서(靑莊館全書)』 권48 「이목구심서(耳目口心書)」의 글이다.

어린아이, 시장 상인, 개, 고양이, 누에, 개미… 등, 모두 우리 주변에서 흔히 볼 수 있는 것들이나 또 모두 대단치 않게 여기는 것들이다. 무화과(無花果)나무가 있다. '꽃이 없이 과일이 맺힌다' 하여 무화과다. 그러나 꽃이 없이 열매를 맺을 리 없다. 꽃은 주머니 같은 화서 속에 들어 있어 은두화서(隱頭花序)라 한다. 저 어디서나 볼 수 있는 곳에서 이덕무 선생은 살아있는 삶의 세계 글감을 찾고는 '지극히 묘하고 지극히 무궁한 조화'가 있다 한다. 연암 선생이 말한 '썩은 흙에서 지초가 돋고, 썩은 풀에서는 반딧불이 생기'는 날것의 세계, 야생의 세계가 바로 여기이다.

비 오는 날의 단상

아침부터 빗줄기가 제법이다.

나는 비 오는 날이 좋다. 하늘을 가린 회색빛 비구름이 차분해 보여 좋고 올곧게 떨어지는 빗줄기가 좋다. 얼굴에 부딪치고 온몸을 흠뻑 적셔주는 빗줄기에서는 생명의 약동을 느낀다. 또 비가 가볍게 나뭇잎을 때리는 소리도 좋다. 졸졸졸 시냇물이 불어 흐르는 소리, 낙숫물 듣는 소리는 여간 좋은 게 아니다. 시골집 양철지붕에 떨어지는 빗방울은 카랑카랑한 게 꼭 내 시골초등학교에 갓 부임해 온 체육선생의 맑고 시원한 목소리다.

이런 날이면 그저 이런 날이면, 어느 사거리 쯤 착 들러붙은 허름한 주막집 툇마루에 정다운 이와 뜨듯한 부침개 두어 장, 맑은 비 소리 서너 가닥 훑어 안주삼고 두런두런 사람

냄새 나는 이야기나 하고 싶다. 혹 지나는 과객이 있어 슬그머니 엉덩이 걸터앉으면 한 잔 주게, 술은 그냥 탁주 한 말가웃쯤 받아놓는 게 좋겠다.

그러고 어디선가 브랜디 칼라일(Brandi Carlile)의 〈Blue Eyes Cryin In The Rain〉이 흘러나오면 좋겠다. "빗속에 울고 있는 파란 눈~ 오직 추억만~ 내 머리카락은 은빛이지요~" 뜨문뜨문 읽히는 추억의 가사이다. 그래, 그때, 그 시절도 있었던 듯하다.

오늘 같은 날은, 참 그리운 사람이 그리운 날이다.

학문

1.

가끔씩 이런 생각을 한다. '내가 학문을 하여 세계를 바꾸지는 못할 지언정 나 하나도 바꾸지 못한다면 무엇 때문에 학문을 하는가?'

그러나 '과연 그러한가?' 반문을 해보는 아침이다.

2.

"학문이 지나치게 좁으면 지식이 어둡고 학문이 지나치게 넓으면 자만하게 된다(大節則知闇 大博則業厭)."

『동중서』의 「춘추번로」에 보이는 글귀다. 문장 앞에 임금(人主)이라는 말이 붙어, 임금이 『춘추』 읽는 자세를 다룬 문장이다. 하지만 공부하는 이라면 곰곰 새겨 볼 글귀다. 좁지도 넓지도 않은 학문을 하는 자세, 그것은 바로 배움이란 두 글자에 대한 겸손한 마음에서부터 시작해야 한다는 말이 아닐까?

3.

"학문에 진보 없는 것은 단지 용기 없기 때문이다(人之學不進 只是不勇)."

『근사록』 '논학'에 보이는 글이다. 학문에 진보가 없는 이유를 '용기'에서 찾았다. 오늘, 내 용기는 어디쯤에서 서성이고 있나?

글쓰기

시는 틀 없애고 그림은 격 없애	詩不套畫不格
형식 뒤집고 좁다란 길 벗어나자	翻窠臼脫蹊徑
앞서간 성인 길을 따르지 않아야만	不行前聖行處
바야흐로 훗날 참다운 성인 되리라	方做後來眞聖

연암이 「우상전(虞裳傳)」을 지어 추모한 18세기 또 한 사람 글쓰기 고수인, 비운의 역관 시인 이언진(李彦瑱, 1740~1766)의 『동호거실(衕衚居室)』에 보이는 시구이다. 나는 내 글을 쓰려고 안간힘을 쓴다. 남들과 다른 글, 누구와도 같지 않은 나만이 쓸 수 있는 내 글.

내일을 준비하는 법

'내일을 준비하는 법'은 간단하다.

'오늘만 잘 살면 된다.' 오늘이 모여 내일이 되기 때문이다. 우리 생에 '내일'은 절대 오지 않는다. 언제나 오늘만 있을 뿐이다. 문제는 알면서도 실행을 못한다는 점이다. 그래, 내일 걱정으로 오늘을 보낸다.

서쪽에서 왔느냐 동쪽에서 왔느냐 묻지 마라

莫問西來及與東

「십현담(十玄談)」에 보이는 글귀이다. 「십현담」은 당나라의 선승 동안상찰이 조동종(曹洞宗, 중국 선종 오가칠종의 한 파)의 실천 지침 등을 칠언율시 형식으로 노래한 10수의 게송이다. 만해 선생은 『십현담 주해』에서 "봄을 찾되 모름지기 동쪽으로만 향해 가지를 마라. 서쪽 동산 매화도 이미 눈 속에서 몽우리가 맺혔도다(尋春莫須向東來 西園寒梅已破雪)."라고 비평하였다.

그렇다 봄은 동쪽에만 온 것이 아니다. 서쪽이 비록 한겨울일지라도 매화는 몽우리를 맺고 있다. 남쪽이든 북쪽이든 경우는 동일하다. 왜 한 방향으로만 가야 하는가. 그러니 '서쪽에서 왔는지 동쪽에서 왔는지' 물을 이유 없다. 어느 대학을 나왔는지, 어느 회사를 다니는 지, 어떠한 직업인지 따위 물은 이유도 없고 가치를 평가하지도 말아야 한다. 제 각각 제 길을 가면 그것으로 된 것이다.

하지만 모두가 가는 동쪽을 마다하고 다른 방향으로 가는 데엔 꽤 큰 용기가 따른다.

나는 오늘 내 길을 가는가?

성산도서관 강의를 마치고

1.

창원 소재, 성산도서관 강의를 오늘로 마쳤다. 4월 18일 수요일 성호 이익 선생으로 시작하여, 5월 30일 7회차 이옥 선생으로.

2시간 강의에 왕복 10시간, 숫자로 보면 가성비가 썩 좋지 않다. 하지만 늘 그렇듯 강의는 하는 것보다 얻는 게 더 많다. 오고 가는 차창 밖 풍경은 그동안 초봄에서 초여름으로 바뀌었다. 오전과 오후 10시간의 차창 밖, 새삼 세월의 흐름이 몸에 와 부딪친다. 때론 매우 강렬한 침묵이요, 적실한 무료였다. 때론 팍팍한 삶으로부터 일탈하는 초록의 산수요 나른한 밀감빛 가로등이었다. 그리고 그 못지않은 삶이란 거대한 일상이 침묵과 일탈 사이를 앙칼지게 비집고 들어왔다.

2.

강의는 늘 즐겁다. 특히 이번 창원도서관에서 만난 청중들의 수준과 태도, 여기에 도서관 관계자 분들의 정성어린 배려는 지금까지 내 인문학 강의 중 가히 최고 수준이다. 7차 마지막 시간까지 자리를 지켜준 분들과 도서관 관계자분들께 "고맙습니다"는 말씀을 정중히 올린다. 그렇기에 나에게 강의 시간은 미지의 세계를 향한 즐거운 모험이요, 삶의 향연이었다. 강의실에서 나는 가장 행복하고 나는 나였다. '나는 나였다'라는 말은 나날 속에서 그 시간만큼은 내가 살아있음을 증명하는 최대공약수란 뜻이다.

그러나 강연이 끝난 후, 강의가 있던 장소, 청중이 빠져나간 강의실엔 즐거운 모험도 삶의 향연도 없다. 텅빈 강의실에 남은 책상과 의자는 엄한 군율이라 되는 양 일정하고 폭력적인 침묵으로 다가온다. 그것은 '그 정도 밖에 강의를 못하느냐?'는 절망 같은 물음이다.

하지만, 오늘도 난 절망같은 물음을 또 나에게 묻는다.

저 아까운 모 다 밟힌다

"저 아까운 모 다 밟힌다."

신재효의 재기와 함께 소리에 대한 관심을 알 수 있는 말이다. 신재효는 많은 광대를 길러냈는데 이런 일화가 있다.

한 번은 광대가 단가를 소리하는데, "백구야 훨훨 날지마라"는 첫머리를 벼락같이 질러대었다. 그러자 신재효가 "나는 백구가 멈추기는커녕 자든 백구도 놀라 달아나겠다." 호통을 쳤다 한다. 백구가 날지 않게 하려면 작은 소리를 내야 할 것이리라. 그런데 소리를 벼락같이 질렀으니, 노래 가사와 행동의 엇박자를 지적하는 말이다.

"저 아까운 모 다 밟힌다." 역시 이와 같은 경우이다. 광대가 〈농부가〉를 부르는데, 아마 모를 들고 꽂는 시늉을 하며 앞으로 나오기에 호통을 친 것이라 한다. 모를 내면 뒤로 물러서야지 앞으로 나오면 그 모가 다 밟히지 않겠는가.

작은 일화라고 넘어갈 수도 있지만, 신재효의 소리에 대한 애정을 어림할 수 있는 일화인 듯하다. 이 일화는 가람 이병기 선생의 「토별가와 신오위장」(『문장』 2권 5호, 문장사, 1939)에 보인다.

'내 삶에 대해, 글쓰기에 대해 이런 애정이 있는가?'를 반문해 본다.

가난

1.

"내 집에 가장 좋은 물건은 『맹자』 7책뿐인데, 오랫동안 굶주림을 견디다 못하여 돈 200닢에 팔아 밥을 잔뜩 해 먹고 희희낙락하며 유득공에게 달려가 크게 자랑하였소. 그런데 영재도 굶주림이 역시 오랜 터이라, 내 말을 듣고 즉시 『좌씨전(左氏傳)』을 팔아 그 남은 돈으로 술을 사다가 나에게 마시게 하였으니, 이는 맹자가 친히 밥을 지어 나를 먹이고 좌구명(左丘明: 『춘추좌전』 저자)이 손수 술을 따라 나에게 권한 것과 무엇이 다르겠소."

이덕무, 『간본 아정유고』 제6권 문(文)-서(書), 「이낙서(李洛瑞) 서구(書九)에게 주는 편지」 구절이다.

간서치 이덕무와 벗 영재 유득공의 지독한 가난이다. '고양이 죽 쑤어 줄 것 없고 새앙쥐(생쥐) 볼가심할 것 없는 가난'이었다. 그러한 가난이건만 책 팔아 굶주림을 면하는 장면이 꽤 희화적으로 그려져 있다. 이들은 지독한 가난을 고독한 글쓰기로 이겨냈다.

나 역시 내 서재 책 팔아 술 받아먹을 날이 올지도 모르겠다.

2.

"까치 새끼 한 마리가 다리 부러져 비틀거리는 모습이 우스웠다. 밥 알갱이를 던져주니, 길이 들어 날마다 와 서로 친하여졌다. 마침내 까치와 희롱하니 "맹상군(孟嘗君, 돈. 맹상군은 전국시대의 귀족으로 성은 전田, 이름은 문文이었다. 우리말로 돈을 전문錢文이라고 하기에 음의 유사를 들어 비유한 것이다)은 전연 없고 다만 평원객(平原客, 손님. 평원군은 조나라 사람으로 손님을 아주 좋아하였기에 비유한 것이다)만 있구나(有雛鵲折一脚 蹣跚可笑 投飯粒益馴 日來相親 遂與之戲 曰全無孟嘗君 獨有平原客)."

굶주린 선비 연암과 다리 부러진 까치 새끼…, 까치에게 밥알을 주며 수작을 붙이고 앉아 있는 연암의 모습이 보이듯 그려져 있다. 이 글을 쓸 때 연암은 사흘을 굶을 정도로 극도의 가난 속에 있었으니, 아닌 말로 책력(冊曆) 보아가며 밥 먹던 시절이었다. 그것은 적절한 결핍에 욕심 없이 머무르는 '안빈낙도(安貧樂道)'라는 상투적 수식어와 차원을 달리한다. 하루하루 끼니 때우기조차 힘든 철골(徹骨)의 가난, 그리고 다리 부러진 까치 한 마리, 절대적 빈곤가를 서성이는 겸노상전(兼奴上典, 종이 할 일까지 하는 몹시 가난한 양반)이면서도 연암은 미물에게조차 애정을 거두지 않는다.

3.

수업은 없고 휴휴헌 창 밖엔 비가 내린다. 학문이 분명 대중과 분리

된 정서가 아니련마는 배움의 길로 들어선 이후 팍팍한 삶이다. 나도 모르게 까치발을 하고 휴휴헌 창 너머 그들만의 리그를 물끄러미 쳐다본다.

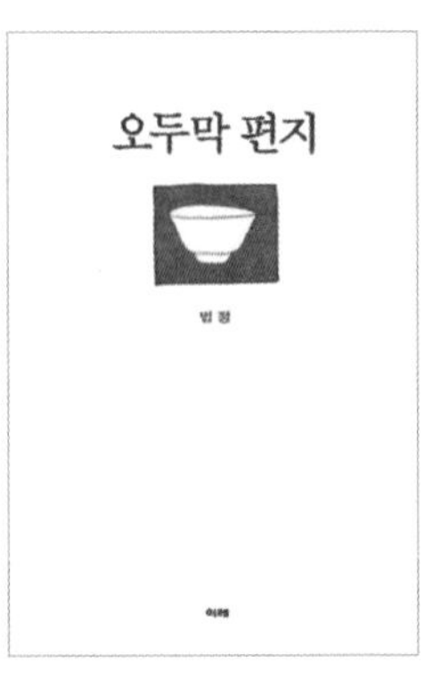

꺼내든 책. 법정 스님의 『오두막 편지』.
“맑은 가난”이란 말이 보인다.

가을 빗줄기에 욕심을 버릴 수만 있다면,
단순한 삶, 가난한 마음.
이 세상이 경전일 텐데.

그렇다면 내 삶도, 댓돌 위에 놓인 하얀 고무신 한 켤레일 텐데.

비구름이 내려놓은 비발자국을 따라 걷는다.
“맑은 가난”을 찾으러.

장미

하루, 사람살이를 하러 나선 길. 장미 한 송이가 눈길을 잡아끈다. 새빨간 속살을 반 넘어 가린 잎을 비집고, 빨갛게 소리친다.

"나, 장미에요. 장미라니까요. 장미!"

아마도 내가 장미처럼 살고 싶은가보다.

화합과 갈등

탄핵 이후 언론과 지식인(?)들은 이제 분열을 치유하자고 한다. 80 : 20으로 나뉜 것을 분열로 보아서이다. 하지만 생각해 볼 필요가 있다. 80 : 20은 분열이 아닌 너무 무서운 단합이기 때문이다. 어떻게 한 사회가 80 : 20으로 정확히 나뉜다 말인가. 이것도 모자라 100%를 요구하는 것인가.

이번 탄핵은 너무 한마음 한뜻으로 그들만의 리그로 이루어져 일어난 사태 아닌가. 독재자는 늘 단합을 강조한다.

민주주의의 사회 장점은 다양성이다. 우리의 민주주의를 성장시키려면 더 각자의 다양한 의견을 존중하는 사회가 되어야 하지 않을까. 따라서 적당한 혼란과 소음은 민주주의의를 건강하게 유지하는 필요충분조건이다.

80 : 20 사회는 전율이요, 공포요, 전제국가이다. 갈등과 분열은 오히려 다양성 있는 사회를 만든다. 서로가 다양성을 인정하고 각자의 생각을 존중하되, 합리적 판결과 법치에 따르는 것이 민주주의다.

물론 이 과정은 모두 투명해야 하고 법은 누구에게나 공정해야 하고 모든 권력은 국민으로부터 나온다는 절대 진리를 망각하면 안 된다.

80도 아니고 20도 아닌, 수많은 경우의 수를 인정할 때 이 땅에 민주주의는 안정을 찾을 것이다.

[대통령 탄핵] 문화계·학계 "화합과 치유의 시간…갈등 해소되길" 본문듣기 | 설정

기사입력 2017.03.10 오후 2:35
최종수정 2017.03.10 오후 2:37

51 8 가 가

[대통령 탄핵] 헌재, 대통령 탄핵 인용(서울=연합뉴스) 이상학 기자 = 10일 오전 서울 광화문의 대형 전광판에 헌법재판소의 박근혜 대통령 탄핵 심판 인용 결정이 생중계되고 있다. 전광판 옆으로 청와대가 보인다. 2017.3.10
mtkht@yna.co.kr

국민의 명령

근 한 달간을 이렇게 보낸다.

나는 학생들을 가르치는 선생이고 글을 쓰는 작가이다. 그런데 학생들을 만나면 부끄럽고 글도 쓰지 못한다. 울렁증이 일고 허탈함으로 가슴에 큰 구멍이라도 뚫린 듯하다. 심각한 수준이다. 이유를 찾아본다. 100만 명이 시위를 해도 박근혜 씨가 하야를 안 하는 이유가 무엇일까? 최순실 집안은 어떻게 한 나라를 이렇게까지 만들었는가? 왜 정치인들은 이 난국에도 계파로 나뉘고 정당별로 자신들의 이해득실만을 따져 몽니나 부리고 꼼수로만 일관하는 후안무치한 행동을 하는 것일까? 왜 청와대에 근무하는 내각은 꿔다놓은 보릿자루마냥 장승처럼 서서 대통령을 보좌하지 못하는가? 왜 족벌기업들의 정경유착은 끊임없이 일어나는가?

오늘에서야 그 이유를 어렴풋이나마 안 것 같다. 현 대한민국 대통령의 지지도는 무려 4%이다. 이 4%는 앞에 '놀라지 마세요!'란 물경(勿驚)이란 말을 붙여야만 할 수치이다. 통계에 있어서 오차범위가 보통 '±5'인 점을 보면, 96 : 4는 이제 의미 없는 숫자이기 때문이다.

박근혜와 최순실, 정치인들, 내각의 저들과 족벌기업 들은 따지고 보면 이 나라의 4%에 드는 이들이다. 저들에게 96%는 그저 그런 수치일 뿐이다. 대한민국의 '4%'는 96%를 아예 숫자로 여기지 않는다는 의미이다. 96%의 백성이 목이 터져라 외쳐도 꿈쩍 않는 이유가 바로 여기에 있다.

하지만 이번만은 다르다. 지금 대한민국 국민은 결코 4%의 저들에게 물러서지 않는다. 이번에 물러서면 지금의 저 4%가 또 내일부터 그들만의 세상을 만들 것이기 때문이다. 그렇게 되면 얼마 후에 우리는 또 이와 같은 일을 겪어야만 한다.

2016년 11월, 분명히 우리는 대한민국 5000년 역사의 한 현장에 서있다. 후일 우리의 역사교과서에는 명확히 오늘을 기록할 것이다. 그 역사 교과서에 지금 이 시절을 이렇게 기술하여야 한다.

> "2016년 대한민국 국민은 위대하였다. 어린아이부터 노인까지 남녀노소 없이 손에 손에 든 도도한 촛불의 함성은 광화문광장을 밝혔고 대한민국을 정의롭고 아름다운 나라로 만들었다. 세계 속에서 대한민국 국민으로서 자긍심을 가지고 당당히 살아갈 수 있게 하였다. 광화문광장은 세계사 속에 민주주의 성지가 되었다."

지금으로부터 300년 전 실학자 이익(李瀷, 1681(숙종 7)~1763(영조 39)) 선생은 역사를 움직이는 힘을 이렇게 정리하였다.

> '천하의 일은 시세(時勢: 물리력을 바탕으로 한 당시의 형편)가 제1이요, 요행(僥倖: 운수 또는 우연성)이 다음이요, 시비(是非: 옳고 그름을 가리는 시비)가 마지막이다.'

(이익, 『성호사설』 IX, 권20, 경사문, 독사료성패, 47~48쪽)

제 아무리 조선, 왕권국가시절이라도 역사를 움직이는 힘은 시세라 하였다. 더욱이 오늘날 대한민국은 국민에게 주권이 있는 민주국가이다. 오늘 그 국민들이 모인 광화문광장의 시세는 "박근혜는 하야 하라!"이다. 이것은 이 대한민국의 주권과 권리의 주체인 국민의 준엄한 명령이다.

박근혜 씨는 반드시 복종해야 한다. 대한민국 헌법 제1조 1항은 '대한민국의 주권과 권리는 국민에게 있다'이기 때문이다.

2016년 11월 26일

을씨년스런 오늘

나라에 큰 분이 없다. 장일순, 문익환, 김수환 추기경님, 법정 스님 같은 큰 분들이 새삼 생각난다.

금방이라도 눈물을 흘리며 하야 할 것 같던 박 대통령은 '갖바치 내일모레'라더니 이제는 검찰조사조차도 받지 않겠단다. 100만 명이 하야를 외쳤지만 박 대통령에겐 '중이 빗질하는 소리'에 지나지 않았다. 대통령의 행동은 시쳇말로 이 땅의 백성들을 거의 '멘붕' 수준으로 만들어 버렸다. 청와대와 여당 대표, 친박은 일사불란하게 진지를 구축하고 백성들과 전면전을 선포하였다. 저들의 반격은 놀랍고도 무섭다. 저들은 후안무치(厚顔無恥)를 좌장군으로 삼고 무치망팔(無恥忘八)을 우장군으로 삼아 사악한 힘으로 정의와 민주주의를 연파하고 국정을 농단한 친위대로는 제 주인인 국민까지 능욕·유린한다.

하야를 외치는 시민들에게는 성숙한 시민의식을 요구하며 청와대 접근을 불허하면서도 자신들에게는 무한정의 불법과 국기문란을 허용하고 있다. 도저히 법치주의 국가에서는 있을 수 없는 야만적 행위가 문명개화된 이 대한민국에서 일어나고 있다. 심지어 꼬붕임을 자임하는 한 여당의원은 “촛불도 바람이 불면 꺼진다”라고 비아냥거리기까지 한다. 5%의 능갈치는 힘이 95%를 무력화시킬 수도 있다는 현실은 이 가을의 길목에서 국민의 마음을 잔뜩 옥죈다. 500년 역사상 95%의 백성에게 지탄을 받은 정권은 박 대통령이 유일하다.

늦가을 바람이 ‘을씨년스럽게’ 불어 닥치는 2016년 11월 대한민국의 현실이다.

‘을씨년스럽다’의 ‘을씨년’은 ‘을사년(乙巳年)’에서 나왔다. 여기서 ‘을사년’은 1905년이다. 이 해, 일본과 조선 간 을사늑약이 체결되었다. 그날이 바로 11월 17일 오늘이었다.

조선은 500년 왕조에 마침표를 찍고 일본의 속국으로 전락해 버렸고 5년 뒤 아예 망국의 설움을 당했다. 그래, 이 조선의 백성들은 참으로 비통하고 허탈한 마음을 ‘을사년스럽다’라 하였고 이 말이 변하여 ‘을씨년스럽다’로 되었다.

저 날로부터 꼭 111년 뒤 오늘, 이 을씨년스런 가을에 나는 무엇을 쓰는가?

대한민국의 한 무지하고 우둔한 백성이지만, 저들의 뻔뻔함에 한없는 무기력과 좌절, 절망감, 모멸감, 치욕을 느낀다. 대한민국은 민주주의 국가이다. 모든 권력은 국민으로부터 나온다. 대한민국 헌법을 다시 읽어본다.

> 전문: (…중략…) 모든 사회적 폐습과 불의를 타파하며, 자율과 조화를 바탕으로 자유민주적 기본질서를 더욱 확고히 하여 정치·경제·사회·문화의 모든 영역에 있어서 각인의 기회를 균등히 하고, (…하략…)
>
> 제1장 총강 제1조 ① 대한민국은 민주공화국이다.
>
> ② 대한민국의 주권은 국민에게 있고, 모든 권력은 국민으로부터 나온다.

저들의 반격에 비틀거리는 대한민국의 국민들을 보는 것은 더욱 비통한 심정이다. "이게 나라냐고?" 외치던 이들이 벌써 저들의 서슬에 질려 "우리는 저들의 상대가 안 된다" 하고 고개를 젓는다.

묻고 싶다. 대한민국이 과연 주권이 국민에게 있는 민주공화국인지를? 정녕 우리 대한민국 국민들은 주권자로서 권력을 행사하는지를? 불의에 항거하는지를?

언젠가부터 이런 생각도 끊임없이 한다. '행동이 없는 양심은 양심이 아니다', '행동이 없는 양심은 양심이 아니다'. 정박한 배는 더 이상 배가 아니 듯, 양심이 없는 사람은 망자(亡者)와 다를 게 없다. 망자들에게는 내일이 없다.

18세기 실학자 우하영(禹夏永, 1741년(영조 17)~1812년(순조 12)) 선생은 이런 말을 하였다. "사유(四維)가 제대로 펼쳐지지 않으면 나라가 나라꼴이 못 되고 사람도 사람꼴이 되지 못 한다"라고. 사유란, 국가를 유지하는 데 필요한 '예의염치'이다. 예의와 부끄러움을 모르는 정치인과 그러한 정치를 그대로 방관하는 국민이라면 그 나라의 존재의의는 어디서 찾아야 하는가?

이미 우리 대한민국은 4.19, 5.18 광주민주화운동, 6.10 민주항쟁을 통해 민주주의를 지켜 왔다. 부패와 부도덕, 정의가 없는 독재시대를 그렇게 이겨낸 우리 대한민국의 역사이다. 수많은 사람의 고통으로 지금까지 온 이 나라의 역사를 과거로 다시 되돌릴 수 없다. 이 아름다운 강산, 내 나라에서 우리의 후세들이 주권자로서 행복하게 살 수 있도록 해야 한다. 당당히 개개인이 존엄한 인간으로서 평등과 정의와 자유를 누리게 해야 할 책임이 이 시대 우리들에게 있다. 평등과 정의와 자유는 중력 같은 것이기 때문이다.

저들에게 준 권력을 주권자인 우리가 회수해야 한다. 저들이 저렇게 행동하는 데는 우리의 책임도 분명 있기 때문이다. 그래야 사람꼴도 나라꼴도 된다.

을씨년스런 오늘, 대한민국의 주권자로 산다는 것, 참 만만찮은 일이다.

2016년 11월 17일

언론이란

촛불을 '세계 민주주의의 혁명, 노벨평화상감'이라고 추켜세우던 언론이 돌아섰다. 오늘자 한 보수 언론의 기사이다.

중앙일보

정치

뉴스검색

국회정당 청와대 외교 국방 북한 여론조사

구호·숫자에 묻힌 광장 ... "시민 껴안을 시스템 만들어야"

[중앙일보] 입력 2017.03.06 01:59 수정 2017.03.06 03:20 종합 10면 지면보기

'탄핵 반대와 찬성'을 '적 대 적' 세력으로 규정하고 '이대로는 안 된다'고 쓴 기사이다. 소제목은 아예 "모이고 외치고 행진 도돌이표, 광장에 대한 인식도 갈수록 악화, 누가 대통령 되든 집회 계속될 것"이라 하고는 "문제 제기 넘어 구체적 해법 고민을"이라 해결 방안을 제시했다.

사진도 동일한 문장에 '촛불집회'와 '태극기집회'만 바꾸어 놓았다.

신문은 국민대 사회학과 교수의 말을 인용 "세 불리기와 양적 과시에

치중해 온 측면이 있다. 이제는 '광장 그 후'를 고민해야 할 때다"라고 지적하였다.

단국대 정치학과 교수의 말을 인용 "우리는 온라인 청원 제도 등 광장의 목소리를 담아낼 제도적인 해법이 없다시피 해서 다들 광장으로 나온다. 집회 참여자가 많다고 승리하는 것이 아닌데, 이런 상태라면 다음 대통령이 누가 되든 상관없이 집회 시위가 계속될 것이다"고 말했다. 아주대 법학전문대학원 교수의 말도 인용했다. "집회에서 드러나는 국민의 요구를 국회 등이 수렴하고 해소해야 하는데 현재는 사실상 모두 수수방관하는 상태"라고 지적했다.

"퇴진행동 측은 참여연대나 경제정의실천시민연합, 천주교정의구현전국사제단 등 1503개 단체가 모여 출범했다고 말한다. 이들 단체는 그동안 사회 현안에 대한 정책 대안을 꾸준히 제시해 왔지만 이번 사태에서는 그런 모습을 보여주지 않았다. '광장 그 후'를 고민하는 자리도 찾기 어려웠다"라는 따끔한 지적도 보인다.

그리고 이렇게 끝을 맺었다.
"영국과 이탈리아처럼 시민사회의 목소리가 제도권 안으로 자연스럽게 흘러 들어가는 민주적 시스템을 구축해야 한다."

탄핵 찬성도 반대도 문제라는 양비론(兩非論)이다. 탄핵이 점점 가시화되면서 전형적인 보수신문의 기조는 이렇게 바뀌었다. 그러면서 영국과 이탈리아 같은 민주적 시스템을 구현을 찾는다. 하지만 이렇게 하려면 언론이 언론다워야 한다.

지금 대한민국의 문제는 집회의 문제가 아니다. 집회를 만들게 한 오래된 숙주(宿主)가 문제이다. 이 숙주는 '일제 식민지 청산을 못한 것'이다. '일제 식민지 청산을 못한 것'은 '옳고 그름, 애국과 매국, 정의와 부조리, …'조차도 옥석을 구별치 못하게 하였다.

대한민국의 보수언론과 족벌기업, 기득권층은 이 숙주에 기생하여 제 몸조차 움직이지 못할 정도로 커져 버렸다. 이제는 무엇이 정의인지, 무엇이 상식인지조차 모른다. 오로지 자신들의 견해만이 대한민국의 정의이고 미래이고 옳다고 여긴다.

탄핵찬성과 반대는 숫자로 8 : 2이다. 넉넉히 잡아도 7 : 3을 넘어서지 않는다. 이번 탄핵 문제는 5000년 역사상 우리 민족을 이렇게 한마음 한뜻이 되게 만들었다. 이성계의 역성혁명, 심지어 3.1운동 때조차도 이렇지는 않았다. 양비론으로 보도할 게 아니다. 언론은 이러한 문제를 끝까지 파고들어 다시는 이런 일이 생기지 않도록 발본색원(拔本塞源)을 하여 시시비비를 분명히 가르는 진실한 기사를 써야 한다. 그래 진실을 모르는 국민들에게 당연히 무엇이 옳고 그름인지는 정확히 알려주어야 한다. 마치 어리석은 국민들을 가르치려는 듯한 기사, 여론을 자신들에게 유리하게 조작하려는 기사는 일제치하 문맹퇴치용 계몽성 기사처럼 없어져할 적폐요, 구폐이다.

보수 언론은 그동안 '일제 식민지 청산을 못한 건강치 못한 숙주'에 기생해서 대한민국의 부패를 만드는데 큰 부역자 노릇을 하였다. 박정희의 독재, 정경유착, 전두환의 쿠데타, 5.18광주 항쟁, 등 대한민국의 굵직한 역사에 옳은 목소리는 낸 기사가 몇 번이던가?

언론의 중요성은 이번 JTBC의 보도가 정확히 보여주고 있다. 언론은 한 나라의 부정부패를 감시하고 정확하고 올바른 보도를 신속하게 해야 한다.

보수 언론이 왜 이렇게 양비론으로 돌아서는지 국민은 안다. '세계 민주주의의 혁명, 노벨평화상감'이라고 보도한 촛불 민심이 부메랑이 되어 자신들의 부패와 부조리, 부정의를 찔러서 아닌가. 어찌 어린 아이부터 백발이 성성한 노인까지 한 목소리로 외치는 정의를 '도돌이표'니 '악화' 등의 모욕적인 낱말로 치부해버리는가.

'영국과 이탈리아처럼 시민사회의 목소리가 제도권 안으로 자연스럽게 흘러 들어가는 민주적 시스템을 구축해야 하려면' 언론사의 자정(自淨)이 필요하다. 대한민국이 맑은 사회, 정의로운 사회, 아이들이 행복하게 뛰어 놀 수 있는, 그래 누구나 대한민국 사람으로서 자긍심을 갖고 살아가려면 정의로운 언론, 양심 있는 언론이 필요하다.

정녕 '펜이 칼보다 강하다'는 언론의 자긍심을 갖추려면 하루속히 이 땅에 부패와 부조리를 만드는 숙주에서 벗어나야 한다. 그렇지 않은 언론은 언젠가 이 땅에서 그 제호가 사라지게 될 것이다. 지금 이 땅의 가장 큰 권력은 언론이다. 언론은 정치, 경제, 사회, 문화 등 나라의 모든 것을 해석하는 해석지이기 때문이다. 해석을 어떻게 하느냐에 따라 주객도, 진가도 얼마든 바뀌기 때문이다.

배움

1.

배움이란 무엇인가? 배움은 깨달음이다. 깨달음이란 무엇인가? 깨달음은 그릇된 점을 깨달음이다. 그릇된 점을 깨닫는다 함은 어떻게 함인가? 바른 말에서 깨달을 뿐이다. 말을 하는 데, 쥐 눈을 가리켜 옥덩이(璞)라 하다가 잠깐 있다 이를 깨닫고는 '이것은 쥐일 뿐이야. 내 가 말을 잘못했어.' 하고, 또 사슴을 가리켜 말(馬)이라고 하다가 잠깐 있다 이를 깨닫고 '이것은 사슴일 뿐이야. 내가 말을 잘못했어.' 한다. 그리고 이미 저지른 잘못을 깨닫고 나서 부끄러워하고 뉘우치고 고쳐야만 이것을 배움이라 한다.

『아언각비』의 '소인(小引)'이다. 다산은 『아언각비』를 짓는 이유를 배움에서부터 푼다. 다산이 말하는 배움은 '그 잘못을 깨닫고 부끄러워하고 뉘우치고 고침(旣覺 而愧焉 悔焉 改焉)'이요, 그 그릇된 점을 깨닫게 하는 것이 '바른 말(雅言)'이다. '이것은 쥐일 뿐이야', '이것은 사슴일 뿐이야'가 그릇된 점을 깨닫게 하는 '바른 말'이다. 이렇듯 잘못을 고치는 과정이 바로 선명고훈적 독서다.

2.

"대개 만 권 서적을 독파하여 그 정신을 취하여야 한다. 그 자질구레한 것에 어물어물해서는 안 된다. 누에는 뽕잎을 먹지만 토해 놓은 것은 실이지 뽕잎이 아니다. 벌이 꽃을 따지만 빚은 것은 꿀이지 꽃이 아니다. 독서도 이렇게 먹는 것과 같아야 한다(蓋讀破萬卷取其神 非囫圇用其糟粕也 蚕食桒而所吐者絲非桒 蜂採花 而所釀者蜜非花也 讀書如喫飯)."

이옥의 글이다. 선생 글은 종로 육의전 거리 여기저기 벌여놓은 난전(亂廛) 같은 글이다. 그만큼 여기저기 요모조모 뜯어볼수록 감칠맛이 도는 글이다. 선생이 쓴 글은 주제는 지극히 천한 분양 초개(糞壤草芥)와 같은 사물을 주제하였지만 사금파리처럼 반짝이는 뜻을 찾아보아야 한다.

선생은 이 글에서 '정신을 취하라'고 한다. 만 권 독서가 중요한 게 아니라는 일갈이다.

3.

閉門則是深山　문 잠그면 깊은 산속이요
讀書隨處淨土　책 읽으면 어디나 정토라네

세상사 여러 일이 많다. 마음 가다듬으려 휴휴헌 문 닫아건다. 저물녘쯤이면 솔바람소리 한 줄기 지나가려나.

4.

"난초 치는 데 법 있어도 안 되고 법 없어도 안 된다(寫蘭有法不可無法亦不可)."

완당 김정희의 글이다. 삶도, 학문도, 난초 치는 법과 다르지 않을 터. 제각각, 뭇뭇이 행하면 될 터.

불가설설(不可說說)

조수삼 선생의 글을 읽다가 〈불가설설(不可說說)〉이 눈에 들어온다. 깜작 놀랐다. 읽어보니 〈불가설설〉은 나라가 망할 때 나온다는 불가사리 이야기이기 때문이다. 선생이 써 놓은 대략의 내용은 아래와 같다.

신라 말에 흉악한 괴물이 나타났다. 짐승은 짐승인데 빛은 검고 몸뚱이는 난 지 사흘쯤 되었다. 성미는 유순했고 사람을 가까이 하였다. 오직 쇠만을 먹었다. 사람들이 헌 쇠그릇을 주니 천백 개라도 목구멍으로 눈 스러지듯 넘어갔다. 점점 자라 마소만큼 커지자 숨을 쉴 때만다 불을 내뿜어 주위에 가기만 하면 무슨 물건이든지 다 타버렸다. 사람들이 쫓아도 가지 않았다. 나무로 대리고 돌로 쳐도 꿈적 않았고 칼과 톱을 가지고 가도 먹이만 될 뿐이었다. 이에 사람들은 그놈을 '감히 말할 수 없는 놈'이란 뜻으로 불가설(不可說)이라 하였다. 불가설은 날마다 먹을 것을 찾아다녔다. 관가에서 민가까지, 임금 창고에서 농사지을 호미가지 쇠붙이는 주모조리 먹어치웠다. 더욱이 여러 해 흉녀까지 들었다. 나라에서는 만승회(萬僧會, 왕이 많은 승려들을 초청하여 음식을 베풀던 모임)를 열어 밥을 먹여 액막이를 하였다.

선생은 구전되어 오던 이야기에 하필이면 불가사리 이야기를 찾아내 위와 같이 정리하였다. 그러고는 이 이야기가 '불자들이 불교가 없어질까 두려워 꾸며낸 이야기로 이는 불가설(不可說, 가히 말할 수 없는 놈) 즉, 불가설(佛家說, 불가의 이야기)'이라 한다. 그러나 그 다음 구절부터가 좀 수상쩍다. 선생의 속내가 은연중 드러난 것 같아서다.

그러나 『중용』에 이르기를 "나라가 망하려 한다면 반드시 요물이 나온다 하였다. 불가설이 나온 것은 장차 신라가 망할 징조였음인가. 천하에 임금된 자가 처음에는 소인을 가까이하여 길러 내서는 그 세력이 요원의 불길처럼 어찌할 수 없게 된다. 비록 그가 나라를 좀먹고 백성을 크게 해치는 불가설(不可說)이 되는 줄 알지만 그러나 어찌할 수 없다. 그러므로 소인을 불가설(不可褻,가까이 하지 말아야 할 놈)이라 한다(然中庸曰國家將亡 必有妖孽 不可說之出 殆羅氏將亡之兆歟 天下之爲人上者 始則狎狃小人而豢養之 逮其勢炎熾爀 若燎原不可嚮邇 則雖知其耗國害民之爲不可說 而亦無如之何矣 故曰小人不可褻也)."고 하였다.

선생은 '나라가 망하려면 반드시 요물이 나온다(國家將亡 必有妖孽)'는 『중용장구』 제24장의 말을 인용하였다. 불가살이가 나라를 망할 징조임을 분명히 하려는 의도이다. 우리 속담에도 '고려(송도) 말년 불가사리'라는 말이 있다. 어떤 좋지 못한 일이 생기기 전의 불길한 징조이다. 하지만 선생은 이 불가사리를 음의 유사를 이용하여 '불가설(不可說)=불가설(佛家說)=불가설(不可褻)'을 만들었다. 여기서 '불가사리'는 나라를 망하게 하는 그 불가사리가 아니라 '소인'이다. 선생은 임금의 옆에 붙은 소인, 간신의 무리가 불가사리라 한다. 이 불가살이 이야기를 '〈가히 말하지 말아야 할 이야기〉에 관한 이야기'라는 뜻의 〈불가설설(不可

說說)〉이라 제명한 이유는 무엇일일까? 선생과 대면할 수는 없지만 '혹 19세기 중반, 세도정치로 썩어가는 조선의 멸망을 읽었다고 추론하여도 무방치 않을까 한다'는 생각은 내 생각만일까?

[첨부] 한자로 불가살이(不可殺伊, 아무리 해도 죽거나 없어지지 않는 사람이나 사물을 비유적으로 이르는 말)라고도 적는다. 그렇다면 선생이 말하는 소인의 무리는 영원히 사라지지 않는다는 말이니 이 또한 참으로 섬뜩한 말이다. 이 나라에 널린 게 소인배 무리이기에 말이다.

봄날이 고요키로

봄날이 고요키로 향을 피고 앉았더니
삽살개 꿈을 꾸고 거미는 줄을 친다
어디서 꾸꿍이 소리 산을 넘어오더라.

만해 한용운 선생의 선시인 「춘주(春晝)」 2수다. 후각 심상인 '향(香)'과 청각 심상인 '꾸꿍이 소리'가 공감각 심상을 형성해 고요한 선(禪)을 그린다. 삽살개 꿈을 꾸고, 거미줄을 치고, 꾸꿍이 소리 산 넘어온다. 삽살개, 거미, 꾸꿍이 모두 불성(佛性)을 지닌 존재로 의인화시켰다. 특히 '어디서 꾸꿍이 소리는 산을 넘어오더라'라는 종장은, 글은 끝났지만 뜻은 끝나지 않은 미묘한 운외지미(韻外之味)를 보여준다. 산 너머에서 꾸꿍이 소리 따라 '깨달음', '봄의 정취'가 들려온다.

칭찬과 비난

남이 나를 사람답다 해도 나는 기쁘지 않고, 남이 나를 사람답지 못하다 해도 나는 두렵지 않다. 사람다운 사람이 나를 사람답다 하고, 사람답지 못한 사람이 나를 사람답지 못하다 하느니만 못해서다(人人吾 吾不喜 人不人吾 吾不懼 不如其人人吾 而其不人不人吾).

이달충(李達衷, 1309~1385)의 「애오잠병서(愛惡箴幷序)」라는 글이다. 이달충은 고려시대 유학자로 서슬이 퍼런 신돈에게 주색을 삼가라고 직언했다 파면을 당했던 이다.

맞다. 나에게 무조건 비난한다고 성낼 일도, 그 반대로 칭찬한다고 기뻐할 일도 아니다. 사람다운 사람이 나를 사람이라 칭찬하면 기뻐할 일이고, 사람다운 사람이 아닌 사람이 나를 사람이 아니라고 비난해도 기뻐할 일이다.

또 그 반대로 사람다운 사람이 나를 사람이 아니라 비난하면 나는 두려워할 일이고, 사람다운 사람이 아닌 사람이 나를 사람이라 칭찬해도 두려워해야 한다.

이달충은 "기뻐하거나 두려워함은, 마땅히 나를 사람이라 하고 나를 사람이 아니라 하는 사람이, 사람다운지 사람다운 사람이 아닌지 여하에 달려 있을 뿐이다(喜與懼 當審其人吾 不人吾之人之 人不人如何耳)" 한다.

그러니 저 사람이 나를 칭찬하거나 비난한다고 기뻐하거나 슬퍼할 일이 아니다. 기쁨과 두려움은, 나를 사람답다 하고 나를 사람답지 못하다고 하는 사람이 어떠한 사람인가 잘 살핀 뒤에 느껴도 늦지 않다.

그러고 보니 공부의 길로 들어선 이후에 참 저러한 경우를 많이도 겪는다.

글쓰기와 재주

1.

사람의 틀은 인공으로 만들어지는 것이 아니다. 본시 타고나야 한다. 십 근, 백 근, 천 근, 만 근, 몇 만 근이 모양으로 다 다르다. 십 근 시인이 암만 한 대도 백 근 시인은 못 된다. 그러나 십 근 시인도 시인은 시인이다. 저의 근량에 맞은 소리를 맞게 하면 그만이다. 천만 근량을 타고났더라도 십 근어치 소리도 못한다면 그는 영영 시인이 못 된다.

가람 이병기(李秉岐) 선생이 『문장』 4월호(1940년) '시조선후'에서 한 말이다. 글쓰기는 제 나름 뜻 표현하면 된다는 말씀이다.

'의마지재(倚馬之才)'라는 말이 있다. '말에 의지해 기다리는 동안 긴 문장을 지어내는 글재주'라는 뜻으로, 글 빨리 잘 짓는 재주 이르는 말이다. 주위 돌아다 보면 저 성어에 맞게 글 잘 쓰는 재주 가진 이들 많다. 딱히 부러워할 게 없다. 지어낸 글이 공허한 말들의 수사요, 객쩍은 말들의 성찬이라면 안 쓰는 게 낫다.

또 가람 말처럼 천만 근량을 타고났더라도 십 근 어치 소리도 못한다면, 그는 영영 재주를 펴지 못하게 된다. 넋이야 신이야 거침없이 마구 쓰는 글도 문제지만 좋은 글 쓴다 유난떨며 생각만하다가는 '너무 고르다 눈 먼 사위 얻는 꼴' 된다. 일단 붓 들고 백지 앞에 용감하게 서야 한다.

붓 잡고 백지 앞에 용감하게 섰으면 주제부터 정하자. 사람 사는 세상에서 찾아낸 이야기가 주제다.

2.

> 논자들은 "모름지기 옛것을 배워야 한다"고 말한다. 그리하여 세상에는 흉내 내고 모방하는 것을 일삼으면서 부끄러운 줄을 모르는 사람들이 생기게 되었다. … 그러면 새것을 만들어야 할까? 세상에는 허탄하고 괴벽한 소리를 늘어놓으면서 두려움을 모르는 사람들이 있게 되었다. … 아아! 옛 것을 본받는다는 자는 자취에 얽매이는 것이 병통이 되고 새것을 창조한다는 자는 법도에 맞지 않음이 근심이 된다(論者曰 必法古 世遂有儗摹倣像而不之耻者 … 然則刱新可乎 世遂有怪誕淫僻而不知懼者 … 噫 法古者 病泥跡 刱新者 患不經 苟能法古而知變).

『초정집서』에 보이는 연암의 말이다. "연암은 글을 어떻게 지을까?"라며 위와 같이 말한다.

연암의 주장은 결국 법고도 창신도 모두 마땅치 않음이다. 발바투 이어지는 "만약에 능히 옛것을 배우더라도 변통성이 있고, 새것을 만들어 내더라도 근거가 있다면, 지금의 글이 고대의 글과 마찬가지이다(苟能法古而之變 創新而能典 今之文猶古之文也)."를 보면 알 수 있다. 이를 줄여

‘법고창신(法古創新)’이라 하는데, 연암이 말하고자 하는 요지는 바로 여기이다.

연암은 문장 작법 원리로서 ‘변통성’과 ‘근거’를 중시하였다. 고(古)를 절대 개념이 아닌 ’상대성에 의거한 고(古)와 금(今)’으로 보고 있다. 연암 선생은 ‘고’를 잘 끌어 오되, ‘금’을 잊지 말라는 당부요, ‘금’을 잘 쓰되 ‘고’를 잊지 말라한다. 즉 법고와 창신의 사이, 그 사이를 꿰뚫을 때 바람직한 글쓰기는 거기에서 나온다.

오늘날 이러쿵저러쿵하는 글쓰기 책들이 가소롭다.

3.

“글은 감정이 아니면 깊어지지 않으며 감정은 올바름을 소중히 여긴다.”

청나라 사학자 장학성의 말이다. 어디 글만의 문제이겠는가. 모든 것이 다 감정의 문제다. 내 글이 많은 이들에게 안 읽히는 이유도 이 감정의 문제가 아닐까? 그렇다면 올바름 문제이고 가만 생각해보니 ‘올바르게 살지 않는지도 모른다’는 생각이 든다.

4.

山思江情不負伊　강산이 머금은 뜻 언제 인간을 저버렸던가
雨姿晴態總成奇　비가 오든 날이 맑든 한결같이 신기하다네
閉門覓句非詩法　문을 닫고 시구 찾는 건 시 짓는 법 아니지
只是征行自有詩　길을 나선다면 저절로 시가 되는 것이라네.

송나라 양만리(楊萬里, 1127~1206)의 「하횡산탄두망금화산(下橫山灘頭望金華山)」이라는 시를 적어본다. 글 짓는 마음이 머무른 곳, 그곳은 길을 나선 문밖세상이지 대궐 같은 집이나 아름다운 정원이 아니다. 그래야만 어제에서 오늘로 내일로 흐르는 동선(動線)에 올망졸망 팍팍한 삶들이 석축에 낀 이끼처럼 붙어 있음을 보지 않겠는가.

문을 닫아걸고 헛기침이나 해대며 읊조리는 글, 혹은 한갓진 시골에 들어앉아 바라본 산수는 '봉건 찬가'이거나 그저 '산천 구경'에 지나지 않는 문아풍류(文雅風流)이다.

5.

"천지에 가득 찬 만물이 모두 시(盈天地者 皆詩)."

박제가(朴齊家, 1750~1805)의 말이다. 천지만물이 모두 글이다. 소재는 그렇게 늘 주변에 있다. 문제는 소재를 발견하는 눈이 없다. 눈이 없다는 것은 마음이 없다는 뜻이다

원앙고기

포구 집 젊은 여인 연붉게 단장하고	浦家少婦淡紅粧
푸른색 모시 치마에 흰 모시 적삼 입었네	白苧單衫縹苧裳
비녀 꽂고 남몰래 고깃배로 달려가서	密地携釵漁艇去
원앙고기 한 쌍을 남 먼저 팔았다오	先頭擲賣海鴛鴦

담정 김려 선생 시이다. 원앙고기에 자세한 설명을 덧붙였다. 원앙고기는 일명 바다의 원앙이라 한다. 원앙고기는 생김새가 망둥이 비슷한데 언제나 한 쌍이 함께 다닌다. 수놈이 헤엄쳐 가면 암놈은 수놈 꼬리를 물고 따라가는데 비록 죽더라도 떨어지지 않는다. 그러므로 낚시질을 하면 두 마리를 함께 잡을 수 있다. 옛날 바닷가 사람들이 말하기를, 이 고기 눈을 말려 암놈 눈은 남자가 간수하고 수놈 눈은 여자가 간수하면 일생 동안 부부가 화목하게 지낼 수 있다고 한다.

5월

"5월은 금방 찬물로 세수를 한 스물한 살 청년의 싱싱한 얼굴이다."

피천득 선생의 「오월」이란 수필에 보이는 글귀다. 그러고 보니 나에게도 스물한 살 청년이던 때가 있었다.

2018년 오월 첫날, 1981년 21살이던 그때 난 무엇을 생각했나?

"머리카락은 하얗게 세었지만 마음은 세지 않았다오(髮白心非白)"라는 옛사람들 말을 중얼중얼. ……………이런저런 생각이 난장(亂場)을 치는 오월 아침이다.

예의염치

"염치는 사유(四維)의 하나다. 사유가 제대로 펼쳐지지 않으면 나라가 나라꼴이 되지 못하고 사람도 사람 꼴이 되지 못한다. (…중략…) 어린아이가 귀한 보물을 가슴에 품고 시장 네거리에 앉았어도 탐욕스럽고 교활한 자들이라도 눈을 부릅뜨고 침을 흘릴 뿐 감히 빼앗지 못하는 것도 염치가 있기 때문이다."

18세기 실학자 우하영이 지은 『천일록』 제5책 「염방(廉防, 염치를 잃지 않도록 방지함)」에 보이는 글이다. 선생은 '염방' 항 첫머리를 이렇게 시작했다.

사유란 국가를 유지하는 데 필요한 네 가지 벼릿줄로 예(禮, 예절)·의(義, 법도)·염(廉, 염치)·치(恥, 부끄러움)다. 이 네 가지 중 선생은 염치를 가장 먼저 꼽고는 이를 잃지 않도록 방지해야 한다고 역설한다. 『관자(管子)』 「목민편(牧民編)」에서 관중은 이 사유 중 "하나가 끊어지면 나라가 기울고 두 개가 끊어지면 나라가 위태로우며, 세 개가 끊어지면 나라가 뒤집어지고 네 개가 끊어지면 나라가 멸망한다"고 했다.

작금의 우리 사회, 특히 '권세와 물질로 몸을 겹겹이 휘감은 자칭 대한민국 지도층이라는 저들'에게 염치가 있는지 묻고 싶다.

사이비

1.

"자네들이 산수도 모르고 또 그림도 모르는 말일세. 강산이 그림에서 나왔겠는가? 그림이 강산에서 나왔겠는가? 이러므로 무엇이든지 '비슷하다(似), 같다(如), 유사하다(類), 근사하다(肖), 닮았다(若)'고 말함은 다들 무엇으로써 무엇을 비유해서 같다는 말이지. 그러나 무엇에 비슷한 것으로써 무엇을 비슷하다고 말함은 어디까지나 그것과 비슷해 보일 뿐이지 같음은 아니라네(君不知江山 亦不知畵圖 江山出於畵圖乎 畵圖出於江山乎 故 凡言似如類肖若者 諭同之辭也 然而以似論者似 似而非似也)."

연암 박지원 선생의 「난하범주기(灤河泛舟記)」에 보이는 글이다. 배를 타고 가던 사람들이 "강산이 그림 같은 걸"이라고 하자 연암은 이렇게 말한다. 연암은 이런 자들에게 강산도 모르고 그림도 모른다고 쏘아붙였다. 강산에서 나온 그림을 보고 강산을 그림 같다고 해서다.

이것이 '비슷하지만 가짜다'라는 '사이비사'다. 사람으로 치면 괜찮은 사람인 줄 알았는데 알고 보니 그렇고 그런 사이비다. 이런 사이비가 세상에 널렸다.

정녕 사이비는 아니 되고 싶건마는, 오늘, 난 사이비인가?

2.

> "만약에 입으로 읽기만 하고 마음으로 체득하지 않고 몸으로 실행하지 않는다면, 책은 책대로요, 나는 나대로이니 무슨 이익이 있겠느냐."

율곡 이이의 『격몽요결(擊蒙要訣)』에 보이는 글이다. 글은 글대로요, 나는 나대로인 '서자서 아자아(書自書 我自我)'라는 글귀가 오늘따라 매섭다. 오늘, 난 사이비인가?

광화문광장을 다녀와

광화문광장 그곳은 혁명이었어라.

광화문광장이여! 호곡장(好哭場)이어라.

담화를 읽어 내리는 박대통령의 눈가에 눈물이 스쳤다. 여당 대표는 이 담화를 보고 아주 펑펑 울었다 한다. 총리로 지명 받았다는 김병준 총리 내정자도 기자들과 대화 중 손수건을 꺼내 눈가를 훔쳤다. 국정을 농단(壟斷)한 최순실은 아예 울음보를 터뜨렸고 엊그제 귀국한 차은택도 눈물을 흘렸다.

왜들 울까?

울음의 종류는 가지가지다.

사람은 울음으로부터 삶을 시작하여 울음소리를 들으며 삶을 마친다. 가장 먼저 어린 아이의 울음은 "나 이 세상에 왔어요" 하는 고고한 일성이다. 사람으로 이 세상에 태어나 처음이 울음이다. 울지 못하면 사람이 안 된다. 바로 주검이 된다. 울음은 그래 사람임을 증명하는 징표요, 가장 즐거운 울림이다. 18세기 최고의 글쓰기 고수인 연암 박지원 선생은 1796년 3월 10일, 큰 아들 종의에게 보낸 편지에 이렇게 썼다. 손자를 낳았다는 전갈을 듣고 쓴 글이다.

"초사흗날 관아의 하인이 돌아올 때 기쁜 소식을 가지고 왔더구나. '응애 응애' 하는 간난쟁이의 그 울음소리가 편지 종이에 가득한 듯하구나. 인간 세상의 즐거운 일이 이보다 더한 게 어디 있겠느냐? 육순의 늙은이가 이제부터 손자를 데리고 즐거워하면 됐지 달리 무엇을 구하겠니?"

전쟁터의 울음도 있다. 신재효본 〈적벽가〉의 한 장면이다. 조조가 적벽에서 패하여 도망하다 어리석게도 화용도로 들어가는 장면으로 조조 군사들의 울음이 처량하기 짝이 없다.

"적벽강에서 죽었더라면 죽음이나 더운 죽음, 애써서 살아 와서 얼어 죽기 더 섧구나."

처량한 울음소리소리 산곡이 진동하니 조조가 호령하여,

"죽고 살기 네 명이라 뉘 원망을 하자느냐."

"우는 놈은 목을 베니 남은 군사 다 죽는다. 처량한 울음소리소리 구천(九天)에 사무치니"

〈소대성전〉이란 군담소설에도 울음이 나온다. 황제가 호왕에게 항복할 수밖에 없는 위기의 상황이다. 앞에는 장강이 막고 있는데 추격병은 급히 달려오고 있다. 강을 건널 배도 없고, 장수들이 나가 대적했으나 모두 호왕에게 죽음을 당한 상황이다. 이제 황제는 자살할 수밖에 없다. 그러나 자살도 하지 못하고 항복하는 글을 써서 바쳐야 할 판이다. 더욱이 곤룡포 자락을 뜯어서 혈서로 항복하는 글을 써야 할 만큼 절망적이고 비통한 울음이다.

"이렇게 슬피 울었다. 그러자 오랑캐 왕이 천자가 탄 말을 찔러 거꾸러뜨렸다. 황제가 땅에 굴러 떨어졌다. 오랑캐 왕이 창으로 천자의 가슴을 겨누며 꾸짖었다."

"죽기 싫으면 항복하는 글을 써서 올려라."

천자가 급하게 대답하였다.

"종이도 붓도 없으니 무엇을 가지고 항복하는 글을 쓴단 말인가?"

오랑캐 왕이 크게 소리 질렀다.

"목숨이 아깝다면 곤룡포를 찢어 거기에다 손가락을 깨물어서 써라."

하지만 차마 아파서 그러지 못하고 통곡하였다. 그 울음소리소리가 구천(땅속 깊은 밑바닥이란 뜻으로, 죽은 뒤에 넋이 돌아가는 곳을 이르는 말)에까지 사무쳤다.

제 아무리 영웅이라도 비껴 갈 수 없는 게 이 울음이다. 항우가 유방에게 패하여 우미인(虞美人)과 눈물로 이별할 때, 슬피 울며 부른 〈해하가(垓下歌)〉도 있다. 한때 중원 대륙을 호령했던 항우는 사랑하는 여인 앞에서 한 남성에 지나지 않았다.

力拔山兮氣蓋世　힘은 산을 뽑고 기운은 세상을 덮을만하지만

時不利兮騶不逝　형편이 불리하니 오추마도 나아가질 않는구나

騶不逝兮可奈何　오추마가 나아가질 않으니 내 어찌 할 것인가

虞兮虞兮奈若何　우미인아! 우미인아! 내 너를 어찌할거나

이 시를 듣고 우미인은 자결하고 이어 항우도, 항우의 애마 오추마도

주인의 죽음을 알았는지 크게 한번 울음 운 뒤 오강에 뛰어들었다.

영웅들 중에는 조조도 잘 울었고 유비는 툭하면 울어 아예 '유비냐. 울기도 잘한다'라는 속담까지 만들어 내었다. 연암 선생은 이런 영웅들의 울음을 〈마장전〉에서 "영웅이 잘 우는 까닭은 남의 마음을 움직이려고 하기 때문 아니겠나"라 하였다.

목 놓아 우는 울음도 있다. 을사조약의 부당성을 비판하며 '시일야방성대곡(是日也放聲大哭)'을 짓는 장지연의 울음이다.

지금까지 내가 본 글에서 가장 멋진 울음은 연암 선생의 『열하일기(熱河日記)』 중 「도강록(渡江錄)」의 7월 8일자 일기 '호곡장(好哭場, 울음터)'에 보이는 웅대한 울음이다. 그 날은 1780년 7월 8일이었다. 연암 일행에게 저 멀리 백탑이 보였다. 백탑(白塔)이 보인다는 것은 왼편으로 큰 바다를 끼고 앞으로는 아무런 거칠 것 없이 '요동 벌판' 1천 200리가 펼쳐진다는 의미이다. 연암 선생은 말을 세우고 사방을 돌아보다가 저도 모르는 사이에 손을 들어 이마에 얹고는 긴 탄식을 토하였다.

"아! 참으로 좋은 울음 터로다. 내 크게 한 번 울만하도다!"

연암은 중화(中華)만을 떠받들고 일부 양반만의 나라 소국 조선의 선비였다. 그래 저 거대한 요동벌에서 한바탕 '꺼이꺼이' 큰 울음을 울고 싶었을 것이다.

우는 모습은 참 순수하다는 느낌이 든다. 다가가 그 들썩이는 어깨라도 안아주고픈 울음들이다. 다석 선생은 그래서 울라 한다. 눈물은 귀하기에 이승에서 다 쓰고 가라한다. 눈물은 그만큼 우리 삶을 가장 순수하게 만들어주는 물질이기 때문이란다. 우는 이의 어깨는 우는 이의 뒷모습은 그래서 참 사람답다. 꺼이꺼이 우는 울음이든 흐느끼며 우는 울음이든 울음은 참 마음을 깨끗하게 한다.

하지만 저들의 울음은 울음도 아니고 다가가 안아주고픈 마음도 없다. 마치 〈심청전〉에서 밤기운이 차디차게 내린 한밤중에 울어대는 뺑덕어미의 울음처럼 듣기도 보기도 싫다.

"이때 그 마을에 서방질 일쑤 잘하여 밤낮없이 흘레하는 개같이 눈이 벌게서 다니는 뺑덕어미가 심봉사의 돈과 곡식이 많이 있는 줄을 알고 자원하여 첩이 되어 살았는데, 이년의 입버르장머리가 또한 ○○ 버릇과 같아서 한시 반 때도 놀지 아니하려고 하는 년이었다. 양식 주고 떡 사먹기, 베를 주어 돈을 받아 술 사먹기, 정자 밑에 낮잠자기, 이웃집에 밥 부치기, 마을 사람더러 욕설하기, 나무꾼들과 쌈 싸우기, 술 취하여 한밤중에 와 달싹 주저앉아 울음울기, ……."

듣기도 보기도 싫은 이유를 〈마장전〉에서 "영웅이 잘 우는 까닭은 남의 마음을 움직이려고 하기 때문 아니겠나"라는 연암 선생의 글에서 슬며시 귀띔을 받는다. 박근혜 대통령에서 뺑덕어미까지, 저들은 영웅이 아니니 앞 문장은 떼어버리고 "남의 마음을 움직이려고"만 남기면 꽤 설득력이 있다. 저들이 할끔할끔 우는 울음은 무엇인가를 목적에 둔 간교한 울음이 아니면 제 것을 잃어버린 것을 원통해하는 울음이거나 국민들을 잠시라도 속여 보려는, 이도저도 아니면 못된 심술이 가득 찬 그런 울음이란 생각이 든다. 이런 울음을 '건울음'이라 한다. 건울음은 정말 슬퍼 우는 울음이 아니라 겉으로만 우는 가증스런 울음이다.

오늘, 광화문에 가면 참 많은 이들의 울음을 보고 들을 것이다. 진정 누군가를 속이려는 거짓 울음이 아닌, 참 이 땅의 국민들이 가슴아파하여 울부짖는 눈물을 말이다. 저들도 이런 눈물을 흘리고 이런 울음을 울었으면 한다.

오늘! 2016년 11월 12일 광화문광장, 대한민국 국민으로서 참, 목 놓아 울고 싶은 호곡장(好哭場)이어라.

박근혜 대통령 하야와 탄핵, 부패한 검찰, 국민의 대변이 아닌 이익집단이 되어 버린 여당 질타 등 목소리는 다양했다. 역사의 현장을 보여주려 아이들의 손을 잡고 온 젊은 부모들도 많았다.

광화문광장을 메운 국민은 때론 함성으로, 때론 촛불로 이 시대의 비극적인 아픔을 함께하였다. 이 광화문광장에서 만큼은 박정희 시대의 마지막도 저물고 부패한 정치권도 족벌기업도 사라졌다. 그곳에 와 있는 수많은 정치인들도 의미 없는 존재였다. 광화문광장에선 국민이 바로 정치였다.

광화문광장—이곳은 이미 대한민국의 혁명이었다.

이 100만의 함성으로….

국민은 질서 있었다. 교복을 입은 여학생들이 쓰레기를 치웠다.

머리 긁적이는 비탄

搔首之悲

엊그제 어느 집 술자리에서, 어느 그림 제화를 보았다. 몇 번 방문한 집 벽에 걸린 동양화인데도 그림 속 제화(題畫)를 유심히 보지 않았다. 그날, 여러 명이 모인 술자리에서 그 제화를 해석하게 되었고 전공이 전공인 관계로 내 몫으로 돌아오게 되었다.

아! 그런데, 초서이기도 했고 술도 어지간하였지만, 해석이 영판 되지 않았다. 돌아오는 길, 술이 모자라서가 아니라, 술집을 찾아 들지 않을 수 없었다. 국문학 전공 30년인데, 내 머릿속에는 무엇인가가 맴맴 돌았다.

어제 오에 겐자부로의 『읽는 인간』이라는 책을 읽었다. "'비탄(悲嘆), grief, 슬픔'은 나의 소중한 감정"이란 문맥이 눈에 들어왔다. 이 어휘는 자신의 소설 『그리운 시절로 띄우는 편지』와 윌리엄 포크너의 『야생 종려나무』 속 등장인물을 설명하며 나온다. 나와는 아무런 상관없다. 그런데 묘하게 이 낱말에서 엊그제 '맴맴 돌게 하던 그 그림 속 제화일'이 겹친다.

오늘 이덕무 선생의 「세정석담(歲精惜譚)」(『청장관전서』 제5권 「영처잡고」 소재)을 읽는다.

하늘과 땅 사이에서 가장 아까운 것은 세월이며 정신이다. 세월은 한량이 없지만 정신은 한계가 있다. 세월을 헛되이 보내고 나면 그 소모된 정신은 다시 수습할 수 없다. 대저 사람이, 더벅머리[髫] 이전은 논할 것이 없지만, 더벅머리로부터 장성하여 관(冠)을 쓰게 되고 관을 쓴 뒤에는 장가를 들게 되며 이미 장가를 들고나면 어린 자녀들이 눈앞에 가득하여 엄연히 남의 아비가 되고, 또 어느 사이에는 머리털이 희끗희끗해지면서 손자를 안게 되는 것이므로 늙어가는 사세를 도저히 막을 수 없다. (…중략…) 지금 나는 나이가 젊고 정신이 밝다. 그런데 만일 이 시기에 글을 읽어 제 학문에 힘쓰지 않는다면 머리 긁적이는 비탄이 곧 나에게도 돌아올 것이라고 흠칫 놀라면서, 언행에 힘쓰겠다는 조그마한 뜻을 두었다. (한국고전번역원, 이재수 역, 1978)

'머리 긁적이는 비탄'에 아예 눈이 멈춘다. 그리고 그 맴맴 돌던 그 무엇이 "만일 이 시기에 글을 읽어 제 학문에 힘쓰지 않는다면 머리 긁적이는 비탄(如其不早讀書學爲己 搔首之悲)"임을 알았다. 이덕무가 이 글을 쓴 나이가 22살이었다. 난, 59살에 와서 내 나이 22살을 다시 생각해 볼 줄 몰랐다. '맴맴 돌게 하던 그 그림 속 제화 일'이 오에 겐자부로의 『읽는 인간』을 거쳐, 이덕무의 '머리 긁적이는 비탄(搔首之悲)'으로 이어짐을 말이다.

[추신] 그리고 아주 조심스럽지만 오에 겐자부로 선생이 틀린지도 모르겠다 하는 생각이 든다. 선생은 이 책에서 젊어서 비탄은 '격렬'하고 나이 먹어 비탄은 '(몹시) 고요한' 비탄이라 했다. 하지만 나이 먹어 비탄이 더 격렬한 듯하다. 남들은 모르겠지만 나이 들며 더 노여움 타고 더 부끄럼 타고 더 욕심내고 더 민망함이 많아지고, 더, 그래지는 듯해서 말이다.
며칠 뒤, '어느 그림 제화'는 해석하여 그 자리에 있던 분들에게 보냈다.

태양은 또다시 떠오른다

"세상이 무엇이냐고 알려고 대들기보다 우선 그 속에서 어떻게 살아가느냐가 더 중요하다."

헤밍웨이(Ernest Hemingway, 1899~1961)의 소설인 『태양은 또다시 떠오른다(The Sun also)』에서 주인공인 제이크가 한 말이다.

전쟁에 나가 남자의 기능을 상실한 그가 이 사회에서 취할 수 있는 유일한 행동이다. 뒤집어 생각하면 어떻게 살아가느냐를 생각할 만큼 절대적인 상황이라는 소리다. 먼저 '어떻게 사느냐'를 알게 되면 '세상이 어떠한지'는 당연히 알게 되는 법이다.

인간으로서 '어떻게 사느냐'를 다른 말로 환원하면 '비열한 생존'이 아닌 '존엄한 생존'이다. 내일 또다시 태양은 떠오르기에.

참을 수 없는 존재의 가벼움

"요즈음 물가가 모두 뛰었다는데, 유독 내 문장만은 제값을 받지 못하네."

목은 이색 선생의 글이다. 당시에 이색의 시를 알아주지 않았나 보다. '그래, 물가는 모두 뛰는데 내 문장 값만은 제자리구나'라는 자조 섞인 시이다.

나 역시 책 읽고 글 쓰는 이로서 무리수를 둔 삶이 아니련마는 '참을 수 없는 존재의 가벼움'에 치를 떤 적이 많다. 때론 같은 길을 걷는 동료 학자에서부터 때론 출판사까지.

교수님! 실망했어요

그래, 그렇게 차이가 왕청떴다.

출근길, 부천시청 역에서 탑승을 하였는데 한 정거장 만에 자리를 잡았다. 강남터미널에서 내리니 이제 1시간여를 느긋하게 책을 보면 된다. 한 정거장도 못 가 내 옆자리에 앉은 여성(스물서너 살쯤이나 될까?)이 롤로 앞머리를 말아 올렸다. 그러고는 화장을 시작하였다. 가끔씩 보는 일이기에 그러려니 하였다.

화장은 계속되었다. 온수를 지나고 대림을 지났다. 시간은 10분, 20분을 지나 30여 분이 흘렀다. 처음엔 '그러려니 했지만 이것은 아닌데……' 하는 생각이 점차 들기 시작하였다. 무엇보다 여기는 공중도덕을 지켜야 하는 전철 안이 아닌가. '남자 친구 앞에서 이렇게 화장을 할 수 있나? 옆에 앉은 나는 아랑곳 않고……' 하는 생각이 들 무렵에는 아예 보던 책을 덮었다. 그럴 리 없을 텐데도 화장품 냄새에 머리가 지끈거리는 것 같았다. 더 못 참고 일어서려는 데 화장을 마쳤는지 그 여성이 일어섰다. 열다섯 정거장쯤 지난 상도역이었다.

다시 책을 펼치려는데 이번에는 앞자리 여성이(스물대여섯 살쯤이나 될까?) 화장을 시작했다. 비교적 앞의 여성보다 서너 정거장 만에 마쳤고 나와 그 여성은 강남터미널에서 하차하였다.

그런데 여기서 끝났으면 좋으련마는 수업 시간까지 불쾌함이 따라왔다. 학생들에게 '이 일을 어떻게 생각하냐?'고 물어보았다. 열에 아홉은 내 생각과 동일할 줄 알았다. 결과는 단 한 명만 내 생각에 동조하였다. 아예 학생들은 '말이 안 되니 말을 마시라' 하였다. 이유는 '교수님에게 피해를 안 줬는데 왜 그러냐'였다. 나아가 몇 학생들은 '성차별적인 시선'으로 보았다. (앞에 것은 모르지만 '성차별적인 시선'은 너무 억울한 듯하다. 여성이 하는 화장이기에 그러한 것도 아니요, 나아가 전철 안에서 남성이 화장을 한다고 해서 그러려니 넘어가지는 더욱 않았을 듯하다.)

다음 수업시간에서도 물어보았으나 결과는 동일하였다.

20대 후반부터 지금까지 학생들과 함께 했기에 내 생각이 비교적 젊다 여겼다. 아니었다. 김소월의 「산유화」처럼 한 교실에 있으면서도 '저만치 혼자'였다. 그러니 나와 학생들이 제대로 소통할 리가 없었다. 아! 언젠가부터 교수평가가 좋지 않은 이유가 여기에 있는지도 모른다는 생각이 들었다.

수업을 마치고 다시 전철을 타러 가는 길, 한 여학생이 수업을 마치고 나가며 한 말이 따라왔다.

"교수님! 실망했어요."

비 오는 날 (1)

비가 오신다.

내 시골에선 그렇게 말했다.

커피 한 잔 들고 책상에 앉는다.

난 어릴 때부터 비오는 날이 참 좋았다. 비 오시는 날이면 내 시골 앞마당 어귀는 놀이터였다. 호박 줄기를 꺾어 잎은 떼어 머리에 쓰고 구멍 난 줄기대로 물방아를 만들었다. 그럴 때면 몸으로 떨어지는 빗방울은 마치 아이 손처럼 부드러웠다. 그런 날이면 마당가 하얀 찔레꽃에도 지팡나무에도 빗방울이 대롱대롱 매달렸다.

대지로 스며들어 생물을 소생시키는 비는 어머니이기도 하다. 비는 이 맘 때가 좋았다. 막 모를 낸 논바닥과 푸른색이 반반쯤 보이는 논에 내리는 빗방울은 여린 벼를 간질였다. 물꼬를 보고 온 내 아버지가 빗물과 함께 마루에 앉아 안도의 한숨을 내 쉬는 것도 이 맘 때 비오는 날이다. 어린 마음에도 고인 빗물에 떨어지는 빗방울이 그려내는 파문이 아름다운지 물결의 선율에 손가락을 가만히 대던 기억도 난다. 하릴없이 외양간 마주보는 사랑방에 누워 낙숫물 듣는 소리는 지금도 새록

하다.

대학시절 하숙방, 양철지붕 위에 떨어지는 빗소리는 밤새 내 마음을 잠 못 들게 했다. 그럴 때면 룸메이트와 어쭙잖은 담론으로 담배꽁초깨나 찾았으리라. 그 시절쯤인가 한 여인과 우산 속에서 이별을 고한 날도 비오는 날이었다. 이별이란 두 글자는 한참 뒤, 어느 비오는 날 빗방울에 곱게 씻겨나갔다.

손창섭 선생의 〈비오는 날〉이라는 소설은 울적하게 비가 오며 시작해 비극적 이별로 맺는다. 고등학교 교사시절, 나는 이 소설을 가르칠 때면 야릇하게 비극보다는 안온함이, 울적보다는 얕은 여울에 앉아 빗방울을 바라보는 모습을 그렸다. 그래, 손창섭 선생께 꽤 미안했다.

비오는 날은 다 좋다. 빗소리를 듣고 잠 든 날도 좋지만 빗소리가 나뭇잎에 후드득 떨어지는 소리에 잠을 깬 날은 뭔가 특별한 날인 듯했다. 폭우는 폭우대로, 가랑비는 가랑비대로, 장맛비는 장맛비대로 좋다. 회색빛 하늘은 마음을 차분히 가라앉게 해준다. 생각은 생각으로 이어지고 이어지며 이야기보따리를 한껏 풀어내기도 한다.

비오는 날에는 비오는 날만의 이야기가 숨어있다. 스물여섯 살인가, 늦은 나이 군대생활의 괴롬을 비가 내리기에 마음껏 울며 걸은 적도 있었다. 서른 두세 살쯤인가, 지금은 이 세상에 없는 녀석과 선술집에서 빗줄기를 바라보며 하류 인생을 논한 적도 있었다. 마흔다섯 비오는 날, 담벼락과 같은 세상에 영원한 결별장을 던지고 올랐던 도봉산 포대능선에서 등줄기를 타고 흐르던 굵은 빗줄기는 죽을 때까지 잊지 못한다. 마흔이 저물 무렵, 꺼지지 않는 인생의 고뇌를 한 짐 지고 빗속을 질주하는 검은 포도(鋪道)를 온종일 거닌 적도 있었다. 쉰이 넘어 아이들과 국토대장정을 할 때, 비를 맞으며 대지를 걷는 맛은 여간해선 얻어 보지 못할 비오는 날 맛 중의 맛이었다.

그러고 보니 비는 내 삶과 함께 했다.

오늘도, 아니 엊그제부터 비가 오신다. 고된 가뭄 끝에 오는 비라 더욱 좋다. 오늘 같은 날, 허름한 술집 귀퉁이에서 막걸리 한 잔에 부침개 한 장, 인생 이야기를 도란도란 나눌 이가 있다면 꽤 좋겠다.

비 오는 날 (2)

"나이가 몇이지요?"

"예, 쉰일곱입니다."

"아! 저보다 위인 줄 알았는데 나보다 한 살 아래네요. …옷을 잘 입으셔서…"

어제 좋은 벗과 찾아든 주막집 주모와 뜬금없는 대화이다. 풀이하자면 내 나이가 자기보다 위인데(위인 듯 한데가 아니다) 옷을 젊게 입어 물어보았다는 말이다. (옷이라야 청바지에 흰 티셔츠를 입었거늘, 가만 '옷을 잘 입는다'는 뜻을 새기고 보니 '나이에 비해 옷을 젊게 입었다'는 뉘앙스이다.)

서너 번 찾았지만 별 대화가 없었는데 손님이 없어서인지, 아니면 심심해서 나에게 농을 건 것인지 알 수 없지만 술자리 내내 기분이 묘했다. 내가 보기에 주막집 주모는 내 나이보다 10살은 연상이라 생각했기에 말이다.

생각을 짚어보니 며칠 전, 고등학교 동기 놈이 서너 달 만에 본 나에게 "폭삭 늙었네"라는 말을 주저 없이, 예사로이 던진 적도 있었다.

그러고 보니 언젠가부터 내가 내 사진을 보아도 늙음이 확연히 보이고 사진도 잘 찍으려 들지 않는다.

수업 준비를 하다 우연히 선조 아버지인 덕흥대원군(德興大院君) 이초(李岹, 1530~1559)의 시를 보고 고소를 금치 못한다. 이초는 중종 임금의 일곱째 아들로 태어나 하릴없이 노닐다가 서른 살에 영면하였지만 아들 잘 둔 덕에 조선 최초의 대원군(大院君)이 된 왕실 사람이다.

半世憂愁已作翁　반평생 우수 속에 이미 늙어버렸는데
聖恩如海泣無窮　하해 같은 성은은 눈물로도 끝없고
人言可與人情近　사람들 말처럼 인정에 이끌림은
父子君臣義亦同　부자 군신의 의리도 똑 같겠지

이초가 이 시를 몇 살에 썼는지는 모르나 넉넉잡아도 서른한 살은 못 될 터. 한평생을 육십으로 잡아 '반평생'이라 했고 왕의 서자로 평생 노닌 삶을 '우수'라 하였으며 서른 갓 채운 나이에 '늙은이 옹(翁)' 자를 붙이고는 '이미 늙어버렸다(已作翁)'고 하였다.

주모가 나보다 한 살 많은 게 대수고 주모가 내 나이를 저보다 열 살 많게 본들 어떠랴. 내 저 이보다 두 배는 더 살았거늘. 다만 하해 같은 성은은커녕, 구름 낀 볕뉘도 쬔 적 없는 일개 서생으로 평생을 살아가는 것이 좀 우수(憂愁)라면 우수일터.

장마철이라 한다. 비님이 오시려나보다.

코끼리 고기 본래 맛

커피 한잔 들고
책상에 앉는다.

어제보단 오늘,
친밀한 이방인
자음과 모음과
이러쿵저러쿵
속내 좀 털자고.

책상에 앉아서
커피 한잔 들고
선인들 글속에
'코끼리고기 본래 맛'을 찾아본다.

'코끼리고기 본래의 맛'은 간서치 이덕무 선생이 강산 이서구 시를 비평한 구절로 『청장관전서』 제35권 「청비록 4」에 보인다. 이덕무는 시 감상을 "코끼리 한 몸에는 모든 짐승 고기 맛을 겸하였으나 그 코만이 오로지 코끼리 고기 본래 맛을 가지고 있는 것과 같다."처럼 하란다. 풀이하자면 '코끼리 고기 본래 맛[象之本肉之味]'을 느끼려면 코를 맛보야만 하듯이 시 감상도 그 핵심을 찾으라는 말이다.

생각해보면 오늘 내 삶 역시 별반 다르지 않다. 멀게는 내 생의 종착점까지 끌고 갈만한 그 무엇을 찾으려 하지만 내 삶은 사실 늘 오늘뿐이다. 오늘, 내 삶의 핵심은 무엇일까? 일, 친구, 자식, 독서, 글쓰기 따위. 그것이 무엇이든, 당신이 지금 하는 일이 오늘 당신에게 가장 중요한 일이었으면 한다.

핵심은 코끼리 전체가 아니라 '코끼리 코'이기 때문이다.

休軒涉筆

사이비 似而非 2

4. 책을 읽다

『오주연문장전산고』를 읽다가

오주(五洲), 이규경(李圭景,1788년~1856) 선생의 『오주연문장전산고(五洲衍文長箋散稿)』「경사편」을 읽다가 무릎을 친다.

"개는 요임금을 보고도 짖는다."

서너 칸 밖에 안 되는 내 서재 휴휴헌,

책으로 뱅뱅 둘러 싸여 그나마 더 좁다.

어제는 안회(顔回)의 안빈낙도(樂道安貧)가 보이기에 책을 내동댕이쳐 버렸다.

오늘 이른 아침,

서재를 오다 개 산책시키며 개똥 줍는 사람을 보았다.

'사람 똥이라면 따라다니며 주울까?'

곰곰 생각할 필요도 없다. 많은 사람은 개만도 못하게 이 세상을 산다.

예의, 정의보다는 불의, 요령이 세상살이에는 더 편리하고 그런 사람들이 더 잘 산다.

어제, 오늘 일도 아니다.

지금이나 예전이나 하늘은 바야흐로 걸(桀: 하(夏) 나라 때 폭군으로 주(紂)와 함께 악인의 대명사)을 잘만 돕는다.

"개는 요임금을 보고도 짓는다."

이 좁은 서너 칸 휴휴헌이 갑자기 광활한 우주가 된다.

냉장고에 쳐 박아 둔,

엊그제 먹다 남은 막걸리나 한 잔 해야겠다.

『채근담』을 읽다가

"벼슬길에 있으면서도 백성들을 사랑하지 않으면 다만 의관 도둑질하는 짓이요. 가르치면서도 실천하지 않으면 헛소리만 늘어놓는 짓이다(居官不愛子民 爲衣冠盜 講學不尙躬行 爲口頭禪)."

오랜만에 『채근담』을 다시 들춰본다. 이 글귀에서 눈길이 멈춘다. 아마도 저 여의도에 터를 잡은, 국민들은 안중에도 없이 이익집단이 되어버린 국회의원과 내 선생으로서 삶이 저러한가보다.

『오두막 편지』를 읽다가

"교육이 할 일은 배우는 사람들이 온갖 두려움에서 자유로울 수 있도록 도와주는 일로부터 시작되어야 한다. 그래서 그 개인이 지닌 특성이 마음껏 꽃을 피워 세상에 향기로운 파동을 일으키도록 해야 한다. 진짜 시를 가르쳐 보인 존 키팅 같은 교사가 우리에게는 아쉽다."

법정 스님의 『내 오두막의 가을걷이』에 보이는 글줄이다. 그렇다. 선생이 할 일은 제자들이 자기의 자유와 개성을 찾도록 도와주는 일이다. 그래 '교육의 질은 교사의 질을 능가하지 못한다'. 이것은 교육 커리큘럼이 아닌 교사가 먼저란 말이다.

고등학교 졸업하고 지금까지 나를 찾아주는 제자들과 또 만났다. 일년에 한 번 스승의 날을 즈음해서다. 1992년, 나는 저 제자들과 인문계 고3 학생과 담임으로 만났다. 그러고 26년이란 세월이 흘렀다. (한 명은 대학제자이지만 이 모임에 참여한다.) 시나브로 세월이 흐르며 제자들도 40대 중반이 되었고 머리에는 희끗희끗한 서리가 내린다. 내가 주례를 선 제자의 아들은 이제 대학입시를 코앞에 두고 있다. 개개인으로도 수많은 희노애락의 날들과 일들이 지나갔고 지금도 수많은 일들이 저 제자들의 삶을 막고 있을 것이다.

참 고맙고 고마운 일이다. 나를 찾아 준다는 것이. 법정 스님의 글을 읽으며 생각해본다. '난 진정 저 제자들에게 자유와 개성을 찾도록 도와주는 가르침을 주었는가? 그래 내 제자들이 이 세상에 향기로운 파동을 일으키게 하였는가?'

『법구경』을 읽다가

"어리석은 자가 일생 동안 지혜로운 이를 섬긴다 하더라도 그는 진리를 깨닫지 못한다. 국자가 국 맛을 모르듯(愚人盡形壽 承事明智人 亦不知眞法 如杓斟酌食)."

『법구경』 64장('우암품')이다. 국자가 닳도록 국을 푼들 국자가 국 맛을 어찌 알겠는가. 선생 생활 30년이요, 국문학도가 된 지도 40년이 다 되어 간다. '나는 국문학을 국 푸듯 하지만 진리를 아는가? 아니 학문의 맛을 제대로 아는가?' 오늘, 나에게 반문해본다.

『한서』를 읽다가

『한서(漢書)』를 읽는다. 「양운전(楊惲傳)」에 이런 말이 나온다.

"옛날이나 지금이나 사람이 살아가는 게 마치 저 한 언덕의 오소리와 같구나(古與今如一丘之貉)."

옛날이나 지금이나 귀하거나 천하거나 모든 사람이 그저 저 언덕에 굴을 파고 살아가는 오소리와 다를 게 없다는 말이다. 소식(蘇軾)은 이 말을 끌어와 「과령(過嶺) 2」에서 "평생에 토끼의 세 굴은 만들지 못했지만, 옛날이나 지금이 어찌 한 언덕 오소리와 다르랴(平生不作兎三窟 古今何殊貉一丘)"고 읊었다.

교토삼굴(狡兎三窟)이라고 영리한 토끼는 몸 숨길 굴을 셋이나 만든단다. 소식 선생은 '세 굴' 운운하나 난 세 굴은커녕 한 굴조차도 제대로 못 만들고 있다.

'생각 굴(思慮窟)'을 짚어 본다. '영리한 토끼가 제 아무리 세 굴을 파도 저 오소리와 무엇이 다르겠는가'에 생각이 미친다. 그저 이 세상, 세끼 밥 먹고 살아가는 것은 너나나나, 잘 사나 못 사나, 똑 같다. 수명이 다하면 죽는 날 죽는 게 이치이다. 가만 보면 글이라는 게 점점이 찍어놓은 파리 대가리만한 검은 먹물방울에 지나지 않지만 고단한 삶에 이렇게 위안을 주기도 한다.

『오륜서』를 읽다가

오늘 서재에 와 가장 눈에 띈 책이다. 전설이 된 일본 검객 미야모토 무사시의 『오륜서』. 펼쳐든 쪽에 아래 글귀가 보인다. 내 책 『다산처럼 읽고 연암처럼 써라』에도 아래 글귀를 응용이었다. '글쓰기에 일정한 법도는 없고 가장 중요한 것은 글 쓰려는 마음'이라고.

수십 권의 책을 출간한 나다. 한때는 저렇다고 생각했었다. 그러나 이제는 글 쓰려는 마음이 저 무심한 초목 뿌리만은 한지, 혹 내 글이 형식에 얽매여 있지는 않은지 생각해 보는 아침이다.

(33) 자세가 있으면서도 자세가 없다 것

'자세가 있으면서도 자세가 없다'는 것은 큰칼을 취할 때 반드시 정해진 형식이 있어야 하는 것은 아니라는 의미이다. 장소에 따라 때에 따라 어느 쪽으로 위치하여 칼을 겨누든지 구애받지 말고 결국은 적을 쓰러뜨리면 되는 것이다.

큰칼로 적을 겨누는 데도 상단 가운데서도 세 가지가 있으며 중단에도 하단에도 세 가지가 있다. 좌우 옆도 마찬가지이다. 잘 음미해야 한다.

(34) 바위 같은 몸

이것은 흔들림없이 강하고 굳은 마음이다. 스스로 만물의 이치를 터득하고 전력투구하는 것은 살아 있는 자는 누구나 가지는 마음이다. 무심한 초목까지도 그 뿌리가 단단하다. 비가 오고 바람이 불어도 항상 변함없는 마음이어야 할 것이다. 잘 음미해야 한다.

『동의수세보원』을 읽다가

이제마의 『동의수세보원』은 '광제설(廣濟說)로' 마지막을 장식한다. '광제설'은 인간을 널리 병에서 구한다는 뜻이다. 선생의 의학 사상을 총결론하는 부분이다.

> 천하의 악은 현인을 질투하고 능력 있는 자를 질시하는 것보다 더 큰 것이 없고 천하의 선은 현인을 좋아하고 선한 자를 즐거이 하는 것보다 더 큰 게 없다(天下之惡, 莫多於妬賢嫉能, 天下之善, 莫大於好賢樂善).

선생이 말하는 결론은 "투현질능(妬賢嫉能, 현인을 질투하고 능력 있는 자를 미워하는 것)은 천하에 가장 많은 병이요, 호현락선(好賢樂善, 현인을 좋아하고 선한 자를 즐거이 하는 것)은 천하에 아주 큰 약"이다. 선생이 세상의 병을 널리 구제하려 내놓은 처방이다. 병도 약도 결국 '마음'에 있다는 말이다. 장수의 비결은 그저 나보다 나은 자를 좋아하는 마음만 있으면 된다.

그러나 현인은 모르겠지만 능력 있는 자는 생각해 볼 여지가 많다. 나보다 능력 있는 자가 나보다 돈도 잘 벌고 진급도 빠르고 사랑도 잘하고. 한 마디로 좋은 것은 깡그리 가져간다. 질투를 느끼고 미워하면 스트레스를 받아 병 됨을 모르지 않지만 그렇게라도 풀지 않으면 더 병이 될 듯하다. 이를 어찌하면 좋단 말인가.

선생의 말이 명약(名藥)임에 분명하나 쉽게 복용하기 어려운 이유가 여기에 있다.

『목민심서』를 읽다가

1.

『목민심서』를 읽다 '정위조(精衛鳥)'라는 새가 보인다. 이 새는 중국 신화에 나온다. 중국의 전설적인 임금 염제(炎帝) 신농씨에게 왜(娃)라는 딸이 있었다. 이 딸은 동해에서 수영하는 것을 좋아했다. 그런데 어느 날 너무 멀리 헤엄쳐갔다가 돌아오지 못하고 그만 물에 빠져 죽었다. 죽은 딸은 새로 환생하였다. 『산해경』을 보니 '그 생김은 까마귀 같고 머리에 반점이 있으며 부리가 희고 다리가 붉다'고 적혀 있다.

정위(精衛)
(출처: 중국환상세계, 네이버 지식백과)

이 새는 서산으로 가서 돌을 주어다가 바다에 떨어뜨렸다. 자신을 죽게 만든 동해를 메우기 위해서였다. 새는 하루도 빠짐없이 이 일을 하였다. 대문에 정위가 되어 (새의 울음이 '정위정위'로 들린다하여 정위새로 불렀다고도 함) 바다를 메운다(塡海)는 뜻에서 '정위전해(精衛塡海)'라는 고사도 만들었다. 이 고사는 일반적으로 사람이 무모한 일을 벌이는 것을 비유한 말로 인용된다.

문득 내 공부 또한 꼭 저 정위조와 비슷하다는 생각이 든다. 내 깜냥으로 저 정위조가 나무와 돌을 물어다가 바다를 메우는 것과 같아서다. 허나 이런 생각도 해본다. 옮겼든 못 옮겼든 그것이 무에 중요하겠는가. 애쓴 만큼 바다가 메워진 것은 분명한 사실 아닌가. 책을 읽고 글을 쓴 사실, 그것만은 분명한 사실이니 말이다.

2.

『목민심서』 형전(刑典) 6조에 보이는 내용이다. 매우 홍미로운 판결이다.

소송과 형벌과 감옥 등의 처리에 관한 내용이다. 제1조 청송~제6조 제해까지이다. 다산 선생은 '형벌이란 결국 백성을 다스리는 마지막 방법이기 때문에 자칫 형을 남발할 수 있고 또 농간이 개입되기 쉽다'고 한다. 그만큼 형을 집행하는 사람의 공정성을 되짚는 말이다.

제1조 청송(聽訟)-상(上): 송사를 처리하는 방법이다. 선생은 '청송의 근본은 성의요, 성의의 근본은 신독(愼獨, 삼가 조심함)'이라 한다. 홍미로운 것은 골육 간에 서로 다투어 의리를 잊고 재물을 탐내는 자는 징

계를 매우 엄히 하라고 했다. 선생이 법의 공정성을 강조하며 든 예화 한 편을 보면 이렇다.

남원(南原)에 어떤 부자 백성이 불교에 혹하여 재물을 모두 바쳐 부처를 섬기고 땅까지 그 문서와 함께 영원히 만복사(萬福寺)에 시주하여 성의를 표하였다. 그런데 그 후 끝내는 굶어 죽음을 면하지 못하였다. 오직 떠돌아다니면서 구걸하는 고아 하나를 남겼는데 조석 간에 구렁에 쓰러질 형편이었다. 이에 소장에 사연을 갖추어 관가에 호소하여 시주한 땅을 돌려달라고 여러 번 청원하였으나 번번이 패하였다. 이에 안찰사에게 가서 호소하니, 신공(辛公)이 손수 소장 끝에 제사(題辭)를 써 이르기를,

> "땅을 내놓아 절에 시주한 것은 본래 복을 구하려 한 일이다. 그런데 자신은 벌써 굶어 죽었고 아들 또한 빌어먹으니 부처의 영험이 없음을 여기에서 알 수 있다. 밭은 주인에게 돌려주고 복은 부처에게 바쳐라."

부처의 영험이 없으니 시주한 것을 돌려주고 복은 부처에게 바치라는 매우 흥미로운 판결이다. 이렇게 판결을 내린 이는 신응시(辛應時)로 그가 호남 안찰사가 되었을 때 판결이었다. 물론 절에서는 시주한 땅을 되돌려 주었다. 각 종교 행위를 하는 자들은 좀 찔끔할 판결문인 듯싶다.

『어떻게 살 것인가』를 읽다가

유시민 작가의 『어떻게 살 것인가』를 읽는다.

긍정심리학자 마틴 샐리그만이 말한 인간 행복의 3대 조건(일, 사랑, 놀이)은 유명하다. 유시민 선생은 여기에 '연대' 하나를 더 붙여서 놀고 일하고 사랑하고 연대하라고 말한다.

좁게 보면 연대란 동일한 가치관과 목표를 가진 누군가와 손잡는 것이다. 넓게 보면 기쁨과 슬픔, 환희와 고통에 대한 공감을 바탕으로 삼아 어디엔가 함께 속해 있다는 느낌을 나누면서 서로 돕는 것을 의미한다.

연대는 일과 놀이를 함께하고 사랑을 나누는 사람들과의 관계 속에서 구현되지만 또한 그것을 넘어선다.

(…중략…)

연대에 참여하는 것은 일, 놀이, 사랑과 함께 의미 있고 기쁜 사람을 구성하는 본질적인 요소이다. 이것 없이는 삶을 완성할 수도 최고의 행복을 누릴 수도 없다고 나는 믿는다.

(유시민, 『어떻게 살 것인가』, 61~62쪽)

나는 그래도 열심히 놀고 일하고 사랑하는 사람이었다고 자부한다. 하지만 연대하는 사람은 아니었다.

『육도삼략』을 읽다가

청문회를 보면 조금은 나아졌다지만 그 나물에 그 밥이다. 대한민국의 이익을 모조리 차지하려든 자들로 득시글하다. 공명을 그만큼 차지하고도 모자라 불가사리처럼 물질까지 모조리 먹어치우려 달려든다. 그러나 그들의 천하는 결코 오지 않는다. 천하의 모든 이익을 독점하려다가는 오히려 모든 것을 다 잃는다. 천하는 천하 사람들의 것이기 때문이다.

아래는 천하를 얻으려는 문왕에게 강태공이 해준 말이다. 『육도삼략(六韜三略)』 제1편 「문도(文韜)」에 보이는 말이다.

> 천하는 한 사람의 천하가 아니다. 곧 천하 사람의 천하이다. 천하와 이로움을 함께하는 자는 천하를 얻을 것이고 천하의 이를 독점하려는 자는 천하를 잃을 것이다(天下非一人之天下 乃天下之天下也 同天下之利者 則得天下 擅天下之利者 則失天下).

자고로 정치인이라면, 남의 우듬지에 오르려는 자라면, 이 말을 잊지 말아야 한다.

"천하는 천하 사람들의 것이다!"

『인정』을 읽다가

우리 학문은 공허함이 특색이다. 지금도 책과 삶이 어우러지는 '실학'은 찾아보기 어렵다. 최한기 선생은 '사무가 참된 학문이다(事務眞學問)'라 한다. 요즈음에도 들어 보기 어려운 말이다. 지금도 고루한 학문만을 일삼는 자들이 강단에 득시글하다. 저 시절 선생 말이 이 시절에도 유용하다는 사실을 어떻게 이해해야 하나?

> 무릇 온갖 사무가 모두 참되고 절실한 학문이다. 온갖 사무를 버리고 학문을 구하는 것은 허공에서 학문을 구하는 격이다. … 만약에 상투적인 고담준론만 익혀 문자로 사업을 삼고 같은 출신들로 전수 받은 자들에게 일을 맡긴다면 안온하게 처리하지 못한다. 그들에게 남을 가르치게 해 보아도 조리를 밝혀 열어주지 못 한다. 이름은 비록 학문한다고 하나 실제 사무를 다루고 계획함에 몽매하니 실제로 남에게 도움과 이익을 주는 일도 적다.
>
> (최한기, 『인정』 제11권, 교인문 4(敎人門四), 사무진학문(事務眞學問))

지금도 이어지는 우리의 헛된 교수행태를 지적하는 말이다. 최한기 선생은 '사(士)·농(農)·공(工)·상(商)과 장병(將兵) 부류'를 학문의 실제 자취(皆是學問之實跡)라 하였다. 현재 우리 국문학계만 보아도 그렇다. 국문학과가 점점 개점폐업 상태가 되는 까닭은 실학이 안 되기 때문이다. 거개 학자들의 논문은 그저 학회 발표용이니 교수자리 보신책일 뿐이다. 심지어 대중들의 문학인 고소설조차 그렇다. 〈춘향전〉, 〈홍부전〉, 〈홍길동전〉 등 정전화한 몇 작품에 한정되고 그나마 작품 연구자체만 순수학문연구라고 자위(自爲)한다. 고소설 연구가 사회 각 분야로 방사(放射)되어도 살아남기 어려운 이 시대다. 이렇게 몇몇이 모여 학회랍시고 '그들만의 리그'나 운용하고 '같은 대학 출신들'로만 패거리 짓고 '사회가 외면하는 글을 논문'이라 치부하며 자신이 한껏 고귀한 학문을 한다고 으스댄다. 그렇게 선생이나 제자나 학문을 한답시고 만난 시간부터 이미 늙었다. 점점 사회와 학생들로부터 배척을 받을 수밖에 없는 이유이다.

이는 학문을 한다는 이들이 소인이라 그렇다. 『맹자』「고자상(告子上)」에 나오는 이야기다. 공도자가 물었다. '똑같은 사람인데, 누구는 대인이 되고 누구는 소인이 되는 것은 무슨 까닭입니까?' 맹자는 '대체(大體)를 따르면 대인이 되고, 소체(小體)를 따르면 소인이 된다.' 일러주었다. 소체는 귀와 눈과 같은 기관이다. 귀는 듣기만하고 눈은 보기만 하여 소체이다. 대체는 마음이다. 마음은 귀와 눈, 코, 입만이 아닌 온몸을 생각한다.

내 일신의 안녕과 영화만을 생각하니 국문학 전체가 보일 리 없다. 나 자신도 내가 우리나라 국문학 발전을 저해하는 소인임에 통렬히 반성한다.

「중흥유기총론(重興遊記總論)」을 읽다가

> 아침에도 멋지고 저녁에도 멋지다. 날이 맑아도 멋지고 날이 흐려도 멋지다. 산도 멋지고 물도 멋지다. 단풍도 멋지고 바위도 멋지다. … 어디를 가든 멋지지 않은 것이 없고 어디를 함께 하여도 멋지지 않은 것이 없다. 멋진 것이 이렇게 많도다!(朝亦佳 暮亦佳 晴亦佳 陰亦佳 山亦佳 水亦佳 楓亦佳 石亦佳 … 無往不佳 無與不佳 佳若是其多乎哉)

이옥의 「중흥유기총론(重興遊記總論)」이란 글이다. '멋지다(佳)'라는 단순한 어휘 나열이나 녹록치 않다. 상대적인 사물을 반복하여 문장을 이어가지만 정말 멋진 문장 아닌가. 흔히 글쓰기를 할 때, 한 문장에 동일한 어휘를 쓰지 말라 한다. 그러나 이렇듯 반복도 잘만 쓰면 훌륭한 문장이 된다. 이렇듯 좋은 글은 형식에 얽매이지 않는 개별성에서 나온다.

어느 책에서 보았다.

'서로 다름과 차이를 인정하는 것(개별성)'이야말로 하버드대학 교육철학 핵심이라는 것을.

『귀현관시초』를 읽다가

흰 빛깔 깁 저고리 옥색 치마 받쳐 입고　白羅衫子縹羅裳
구름 같은 트레머리 석황까지 물리고서　六鎭雲鬟壓石黃
연하게 그려 놓은 여덟 팔 자 고운 눈썹　淡掃蛾眉成八字
이씨의 차림새를 모두들 부러워했지.　衆人都羡李家粧

봄 석 달 좋은 시절 생각하니 꿈만 같아　九十東皇夢一番
덧없는 건 세월이라 어이 그리 쉬이 가나.　韶光容易任摧翻
금꽂개 금비녀 지금은 어데 갔나　鈿蟬金鴈今安在
낙엽만 무두룩이 사립문에 쌓였구나.　黃葉堆中掩砦門

덧없는 세월이라 잠깐 사이 인연 맺고　世事風燈只暫因
서러운 눈물 부질없이 옷깃을 다 적셨네.　那堪涕淚漫霑巾
지난날 주막 앞을 오고 가던 젊은이들　當時壚上靑杉客
지금은 이 세상 백발노인 되었으리.　今日天涯白髮人

김려의 『귀현관시초』에 보이는 글이다.

누구나 겪는 덧없는 삶을 그리고 있다. 선생은 주막집 할멈에게 눈길을 주었고 이를 붓끝으로 그려냈다. 주막집 할멈이 꽃 같은 시절, 흰 빛깔 깁 저고리에 옥색 치마 곱게 받쳐 입고 구름 같은 트레머리를 올렸다. 여덟 팔 자 고운 눈썹에 사내들은 눈길을 주었고 여인들은 시샘의 눈길을 보냈다. 하지만 이제는 금으로 만든 꽃개도 금비녀도 없고 꽁지머리는 막대 비녀조차 이기지 못한다. 문간이 닳도록 드나들던 젊은이들도 백발노인이 되었으니 낙엽이 쌓여도 문간을 쓸 일도 없다.

선생은 이렇게 주막집 할멈을 사실적으로 그려내었다. 그러나 이 모든 글줄은 선생이 상상 속에서 그려낸 것이다. 혹 할멈에게 들어 썼다 하여도 엄연히 본 것은 아니다. 그런데도 이렇게 사실적으로 그려낸 데서 선생 마음을 알 수 있다. 선생 마음은 바로 주막집 할멈을 시 주제로 선택했다는 데서 읽는다. 선생 마음이 먼저 하잘 것 없는 주막집 할멈에게 선손을 내밀지 않고서야 쓸 수 없는 글이기 때문이다.

시나브로 세월은 잘도 흐른다.

『자저실기』을 읽다가

"문인들 중에는 세상물정에 어두운 자들이 많다. 통달한 선비들 중에는 세상사 작은 일에 소홀히 여기는 자들이 혹간 있다. 그러나 너무 황당하고 진짜 사리에 어둡고 세상물정 모르는 자는 천치바보 아니면 멍텅구리이다(文人多昧世情 達士或略瑣務 若其太荒唐極迂闊者 非愚則癡也)."

심노숭의 『자저실기』에 보이는 말이다. 세살물정 모르는 나, 사람살이 살수록 힘들다. 아침에 눈을 뜨니 또 하루의 퍅퍅한 삶이 기다리고 있다. 나이 들수록 요령 있게 세상을 쉽게 살아낸다는 '떡국이 농간하다'라는 속담, 적어도 나에게는 헛말이다. 가만 생각해보니, '천치바보'가 아니라면 분명 '멍텅구리'이다. 비님은 참 잘만 내리신다.

『구별짓기』를 읽다가

프랑스 사회학자 피에르 부르디외의 『구별짓기』(상·하)는 문화에 관한 내용이다.

작자는 문화는 각 계층별로 불평등하게 분배되고 차별적이라 한다. 이른바 사회구성원을 문화로 구별짓기이다. 그는 '문화는 구별하고 차별한다' '문화는 섬세한 상징 폭력'이라고 역설한다. 그 이유는 학력자본(학벌), 상징자본(집안), 사회적 관계자본(연줄)이 사회적 메커니즘 구조틀을 짓고 있어서란다. 그리고 이러한 공고화되고 당연시된 견고한 사회적 메커니즘을 '아비투스[habitus]'라 한다. 그의 말대로라면 절대 하층계급이 상층계급으로 갈 수 없다.

옳은 말이다.

장차관은 온전히 저들 몫이다. 신문의 지면은 지식인이라 자칭하는 일부 교수들 몫이다. 언론도 오로지 그들만의 리그이다. 경제인들은 재벌들만의 2세, 3세, 4세 잔치를 연다. 여·야 할 것 없이 정치인은 더욱 한통속이다. 저들, 교수들, 그들, 경제인들, 정치인들은 그들만의 짝짓기까지 서슴지 않는다. 천한 것들과는 문화가 달라서 일게다. 할아버지에서 아들로, 아들에서 손자로 대대손손 연면히 이어지는 구별짓기이다. 지금도 방송은 눈 깜짝 않고 연일 저러한 내용을 충직하고 성실하게 중계 방송한다.

내 서재 옆에 있는 현대백화점에도 연 신용카드 매출이 1억인가 넘어야 들어간다는 '그녀들만의 카페'가 있다.

'학력자본(학벌), 상징자본(집안), 사회적 관계자본(연줄), …. 나에게는 하나도 없는, 물론 내 자식들도 하나도 없는…'가만 생각해보니 '구별짓기'는 저쪽 일이니, 내 쪽에서 보자면 '구별 당하기'다. 내 의도와 상관없이 '구별 당한다' 생각하니 영 마음이 불편하다. 그래, 마음을 달래고자 몇 자 적는다.

『난실담총』을 읽다가

성해응의 『난실담총』 권1, 56항 기록이다.

어린 나이에 조상의 음덕으로 부사용에 제수 받은 유사필(柳師弼, 1501~1559)에 대한 기록.

> 본조 중엽 이전에 어린 나이로 관직을 제수 받은 자가 있었다. 청천부원군(菁川府院君) 유순정(柳順汀)의 손자 사필(師弼)이 6살에 조상의 음덕으로 부사용(副司勇)에 제수되었다.

사필의 조부인 유순정(柳順汀, 1459~1512)은 중종반정 때 공을 세워 정국공신(靖國功臣) 청천부원군(菁川府院君)에 봉해진 인물이다. 흔히 박원종(朴元宗), 성희안(成希顔)과 함께 정국(靖國) 삼대장(三大將)이라 불린다. 나이를 챙겨보니 사필이 6살이라면 1506년, 바로 연산군을 몰아낸 중종반정이 있던 해이다. 그래 연산군을 몰아낸 공으로 자신의 6살짜리 손자까지 챙겨 부사용을 제수케 한 것이다. 부사용은 제 아무리 오위의 종9품 말직이지만 6살짜리가 감당해낼 직책이 아니니다. 오위(五衛,

중위인 의흥위, 좌위인 용양위, 우위인 호분위, 전위인 충좌위, 후위인 충무위)는 더욱이 군사조직이 아닌가.

이긍익이 지은 『연려실기술』 권9 '중종조상신'을 보면 "이 세 사람(유순정, 박원종, 성희안)은 모두 중흥의 원훈(元勳)으로서 임금의 절대적인 신임을 얻었으면서도 세상에 남을 만한 공적은 하나도 세우지 못한 채 자만심에 빠져 사치스럽고 호화로운 생활을 영위하면서 자신들의 욕심만 채우다 일생을 마쳤다"고 기록되어 있다.

할아버지는 그렇고, 6살에 벼슬아치가 된 유사필의 그 후 행적을 『조선왕조실록』에서 찾아본다. 유사필이 어떻게 성장했는지 매우 궁금하다. 명종 5년 9월 8일에 아래와 같은 기록이 보인다.

> 사헌부가 아뢰기를,
>
> "온양 군수(溫陽郡守) 유사필(柳師弼)은 경박하고 탐오스러워 가는 곳마다 삼가지 않고 술만 마시면서 늘 취하여 미치광이처럼 망령된 행동만 합니다. 모든 공무에는 깜깜하여 아래 아전들에게 맡기므로 부고(府庫)가 텅 비어 백성들이 그 폐해를 받게 되니 온 경내가 시끄럽습니다. 또 아비가 자식에게 자애롭지 않다 하더라도 자식은 자식으로서 도리를 다하지 않을 수 없는 것인데 사필은 부자 사이에도 죄가 없지 않습니다. 파직시키소서."
>
> 하니, 아뢴 대로 하라고 답하였다.

사헌부 보고대로라면 유사필은 '백성에게는 무능한 관리이고 부모에게는 못된 자식'이다. 명종은 보고대로 파직을 시켰다. 그 이후 기록은 보이지 않는다. 6살짜리가 할아버지 잘 만난 덕에 관직을 받았다. 6살짜리가 세상이 제 손아귀에 있다고 생각할 것이니 어찌 사람이 제대로 되겠는가.

지금도 이 나라에는 저런 아이들이 즐비하다. 조상 잘 만나(?: 실상 잘 만난 것인지는 잘 모르겠다.) 음덕으로 그 어린 나이에 건물주로, 수백억 재산가로, 운전기사를 대동하고 다니며 주먹질에 갑질에 여념이 없다.

저 시절이나 이 시절이나 크게 다를 바 없다는 생각이다. 오늘도 언론에서 보도하는 특혜의혹 운운 보도를 보면서 '혹 조물주가 계시다면 태업하심이 분명하다.'는 엉뚱한 생각을 해본다. 그리고 이런 생각도 곁들인다. 하 저런 놈들이 지천이기에 죄의식이 n/1로 분산되어서라고.

[참조] 조선 후기 여항 시인 조수삼 선생은 출신이 서얼이라 83세에 겨우 사마시(司馬試)에 합격하여 오위장이 되었다. 조희룡의 『호산외사』에 따르면 조수삼은 "풍채가 수려하고 문장과 시에 뛰어났으며 여섯 차례나 중국에 드나들며 중국의 유명한 문인들과 폭넓은 교류를 하였다"고 한다.

「인상론」을 읽다가

한 해가 시작되었다. '신년 사주니, 올해 운수가 어떠니' 하는 말들이 들린다. 다산 선생의 「상론(相論)」을 다시 읽어본다.

상(相, 용모)은 버릇으로 인하여 변하고, 형세는 상(相)으로 인하여 이루어진다. 그 관상이니, 운수를 점치는 사주니, 말하는 사람은 망령되다. 아주 어린아이가 배를 땅에 대고 엉금엉금 길 적에 그 용모를 보면 예쁠 뿐이다. 하지만 그가 장성해서는 무리가 나누어지게 되는데, 무리가 나누어짐으로써 익히는 것이 서로 달라지고, 익히는 것이 서로 달라짐으로써 상도 이로 인해 변하게 된다.

서당의 무리는 그 상이 아름답고, 시장의 무리는 그 상이 검고, 짐승치는 무리는 그 상이 덥수룩하고, 도박하는 무리는 그 상이 사납고 약삭빠르다. 대체로 그 익히는 것이 오래됨으로써 그 성품이 날로 옮겨가게 되어서다. 그 마음속에 생각하고 있는 것이 겉으로 나타나서, 상이 이로 인하여 변하게 된다. 사람들은 그 상이 변한 것을 보고는 또한 말하기를 '그 상이 이렇게 생겼기 때문에 그 익히는 것이 저와 같다.' 하니, 아 그것은 틀린 말이다.

(…중략…)

어떤 아이가 있는데 얼굴이 풍만하게 생겼으면 아이의 부모는 말하기를 '이 아이는 부자가 될 만하다.' 하여, 재산을 더욱더 주고, 부자가 그 아이를 보고 말하기를 '이 아이는 부릴 만하다.' 하여, 자본을 더욱더 주게 되니, 이 아이는 더욱 힘쓰고 날로 부지런하여 사방으로 장사를 다닌다. 그러면 사람들은 그가 상업을 부흥시킬 것이라고 생각하고 그를 주인으로 삼으니 잘될 사람을 더욱 도와주어 얼마 후에는 백만장자가 되어버린다.

(…중략…)

이와 같은 것은 그 상(相)으로 인하여 그 형세를 이루고, 그 형세로 인하여 그 상을 이루게 된 것인데, 사람들은 그 상이 이루어진 것을 보고는 또 말하기를 '그 상이 이와 같기 때문에 그 이룬 것이 저와 같다.' 하니, 아 어쩌면 그리도 어리석단 말인가.

세상에는 진실로 재주와 덕을 충분히 간직하고도 액운이 궁하여 그 재덕을 발휘하지 못한 사람이 있는데, 상에다 그 허물을 돌린다. 하지만 그 상을 따지지 않고 이 사람을 우대했더라면 이 사람도 재상이 되었을 것이다. 이해에 밝고 귀천에 밝았는데도 종신토록 곤궁한 사람이 있는데, 역시 상에다가 허물을 돌린다. 하지만 그 상을 따지지 않고 이 사람에게 자본을 대주었더라면 또한 부자가 되었을 것이다.

(…중략…)

일반사람이 상을 믿으면 직업을 잃게 되고, 벼슬아치가 상을 믿으면 그 친구를 잃게 되고, 임금이 상을 믿으면 신하를 잃게 된다. 공자가 말하였다. "용모로써 사람을 취했더라면 자우(子羽)에게 실수할 뻔했다."

자우(子羽)는 담대멸명(澹臺滅明)의 자(字)인데, 꽤나 얼굴이 못생겼다고 한다. 공자의 제자 자유(子游)가 무성 재상이 되었는데, 공자가 "네가 어떤 인재를 얻었느냐?" 하고 물었다. 그러자 자유가 '담대멸명'을 얻었다고 한다. 공자는 이 담대멸명을 흡족하게 여겼기에 "모습만 보고 사람을 취하는 것이 잘못임을 자우에게서 알았다"고 한 것이다.

그러니 인상이니, 운수 따위를 믿을게 아니다. 다산 선생은 '그 익히는 것이 오래됨으로써 그 성품이 날로 변하고 그 마음속에 생각하고 있는 것이 겉으로 나타나 상이 변하게 된다'고 하였다. 서양이라 다를 바 없다. 링컨도 "나이 40이 되면 자기 얼굴에 책임을 져야 한다" 하였다. 인상이 변하는 것은 자기의 습성과 삶을 살아가는 마음이 만든 결과물이다.

가만가만 거울을 들여다본다. 강파른 사내 하나가 나를 쳐다보기에 겸연쩍어 눈길을 피했다. 그래, 그렇게 살았나보다.

『블루오션 전략』을 읽다가

『블루오션 전략』, 오늘 아침 내 선택을 받은 책이다. 아침이면 나는 내 휴휴헌 책꽂이를 사열한다. 눈에 들어 뽑히기는 했으나 이미 본 책들이기에 몇 줄 읽다가는 싱겁게 도로 제자리로 돌아간다. 그렇게 다음 열병식을 기다리는 수밖에 없다.

글줄이 새롭게 다가오는 경우는 가끔이다. 이런 경우는 많지 않다. 『블루오션 전략』(김위찬·르네마보안 공저, 강혜구 옮김, 2005), '성공을 위한 미래 전략'이란 부제를 붙여놓은 그렇고 그런 성공을 위한 경영서이다. 십 년이 훨씬 지난 저 시절 책이다. 내 개인적 독서취향으론 절대 사지 않는 책이다. 아마도 그 시절 '블루오션'이란 이름이 하 신문지상을 오르내리자 압박감에 구입했고 50페이지쯤에서 밑줄이 끝난 것으로 미루어 분명 보다 만 듯하다.

'제거'와 '창조'라는 말이 눈길을 끈다. 새로운 가치, 즉 블루오션의 세계로 나아가려는 핵심어이다. '당연한 것으로 받아들여지는 요소들 가운데 제거할 요소는 무엇인가? 아직 한 번도 제공하지 못한 것 중 창조해야 할 요소는 무엇인가?'를 강조한다. 제거를 하려면 과거사를 꼼꼼 짚어야 하고 창조를 하면 새로운 가치를 추구하라는 말이다.

바로 연암 선생이 말한 '법고이지변 창신이능전(法古而知變 創新而能典)'이다. '옛 것을 본받되 변화를 알아야 하며 새 것을 만들되 옛 것에 능해야 한다'는 뜻이다. 즉 '옛것을 되짚고 살펴 새로운 것을 만들자' 아닌가?

공부를 하다 보면 이러한 경우를 수없이 만난다. 제 아무리 새로운 학설이라도 어디서 듣고 본 듯한 일종의 기시감(旣視感)이 드는 이유이다. 굳이 새로운 학설이나 외국의 이론 운운할 필요 없다. 이미 미래는 우리 고전에 선명히 나타나 있다. 그 외 '시장 경계선 구축, 비고객을 찾아라, 실행을 전략화하라' 따위는 각주에 불과할 뿐이다. 고전을 곰곰 새겨볼 이유이다.

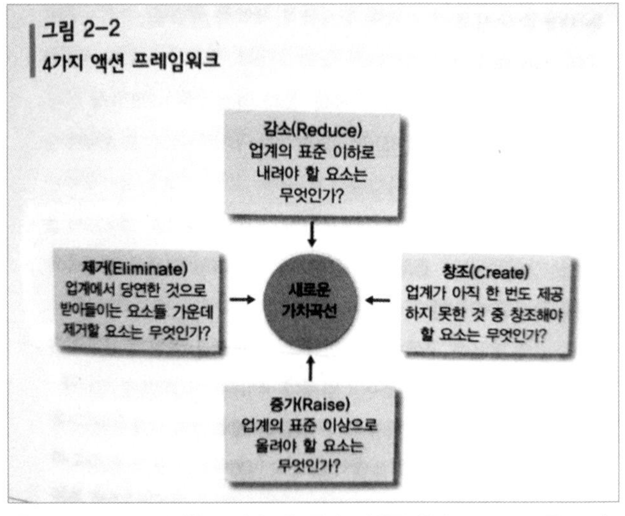

『블루오션 전략』(김위찬·르네마보안 공저, 강혜구 옮김, 2005, 39쪽 도표)

5. 새는 날고 물고기는 헤엄치며 인간은 달린다

조선의 사내아이들은 잘 달린다

이규경(李圭景)의 『오주연문장전산고(五洲衍文長箋散稿)』를 읽다가 흥미로운 자료를 만났습니다. 바로 달리기에 관한 내용입니다. 우선 내용부터 보지요. 「동인선주변증설(東人善走辨證說)」입니다.

예로부터 우리나라 사람들이 먼 거리를 잘 달려서 준마와 맞설 수 있는 것은 우리나라에 말[馬]이 귀하고 수레가 없어서 도보로 달리기를 익혀 온 때문이다. 그러므로 낮에 걷기 위하여 밤에 식량을 장만하는 것은 다반사이고 보면 보통 사람보다 갑절을 더 걷는 것은 그리 특이한 일이 아니다. 지금 우리나라에서 가장 먼 길은 연경(燕京)이다. 역졸이 걸어서 수레와 말을 모는데, 역졸 하나가 일생 동안에 연경을 40~50회 정도 왕복하게 되므로, 이수(里數)로 따지면 40만 리쯤 되고 걸음으로 따지면 1억 4천 4백만 보가 되니, 이는 그 대충을 들어 말한 것이다. 그러나 세속에서, 땅에서 하늘까지의 거리는 9만 리가 된다고 하는데, 밀도(密度, 정밀한 척도)로써 계산하면 땅에서 하늘 중간까지의 거리는 15만 1천 3백 46리가 되므로, 역졸이 도보로 연경을 왕복한 이수는 땅에서 하늘까지의 거리보다 다섯 갑절이나 더 먼

거리이니, 어찌 어려운 일이 아니겠는가.

선생은 우리나라 사람들이 잘 달리는 이유를 '말이 귀하고 수레가 없어서 걸음으로 달리기를 익혀서'라고 하였습니다. 삶의 환경에서 이유를 찾았지만 꽤 설득력 있는 말입니다. 달리기는 자꾸 뛰다 보면 느는 게 사실이기 때문이다. 선생은 빨리 달리는 자라면 연경까지 수십 일이 못 되어 왕복할 수 있다고 합니다. 또 '중국 사람들은 수레와 말이 많아서 걸어 다니는 자가 없고 걷는 것을 괴롭게 여긴다' 하고 '감발 차림으로 걷는 우리나라 사람과 비교하면 마치 큰 붕새 앞에 조그만 비둘기와 다름이 없다'고까지 몹시 경시합니다. 사실 지금까지 올림픽 마라톤에서 우승한 동양인은 손기정과 황영조 밖에는 없다는 생각을 해보면 선생의 경시도 이유가 있습니다. 또 우리 동쪽 사람들이 잘 달린다는 증거를 중국의 문헌 『왕회해(王會解)』에, '발인(發人)은 녹(鹿)과 같은데, 녹은 사슴처럼 신주(迅走)함을 뜻한다' 하였고 그 주에 '발인은 동이(東夷) 사람을 말하고 신주는 빨리 달림을 말한다' 하였다. 그렇다면 우리나라 지역은 곧 옛적에 구이(九夷)가 살던 곳이므로 지금까지 그 풍기(風氣)가 없어지지 아니하여 빨리 걷고 빨리 달리는 것인지' 생각해 봅니다.

선생이 인용한 『왕회해』는 『일주서(逸周書)』라는 책의 편명입니다. 『일주서』는 진(晉)나라 때 책이니 약 2500년 전 책입니다. 선생은 담헌 홍대용의 『연행잡기(燕行雜記)』도 인용했습니다.

"내가 일찍이 고사(古史)에서 '조선의 사내아이들은 잘 달린다'는 말을 듣고 내심 괴이하게 여겼다. 동자들이 잘 달리는 것은 그 천성이라고 본 때문이다. 그런데 막상 중국의 사내아이들을 보니 아무리 경쾌한 놀이를 하더라도 절대로 우리나라의 아이들처럼 뛰거나 달리는 자가 없었다."

홍대용 선생의 말이기에 믿지 않을 수 없습니다. 그런데 선생은 이에 대해 꽤 생각을 한 듯합니다. "나도 그 점을 괴이하게 여겨 늘 그 까닭을 연구"해 보았다며 이렇게 마무리를 짓습니다.

허신(許愼)의 『설문(說文)』에 '동(東)은 움직인다는 뜻이다' 하였고 『풍속통(風俗通)』에 '동쪽 사람들은 생동(生動)하기를 좋아하는데, 만물도 땅을 저축해서 생겨난다' 하였으니 저축도 움직인다는 뜻이다. 대저 동쪽 사람들이 걸음이 빠르고 또 달리기를 좋아하는 것은, 만물이 땅의 기운을 저축해서 생겨나는 동쪽 지역에서 난 때문에 생동하기를 좋아해서 그런 것이 아닌지.

선생은 우리가 동쪽에 있으니 생동하는 힘이 있어서 그렇다고 합니다. 자연환경이 사람의 삶에 미치는 영향이 크기에 인문지리학적인 선생의 추론에 공감하지 않을 수 없습니다.

올해 2번째 풀코스 마라톤을 뛴다

2019년 1월 27일. 5시 15분 송내역으로 출발한다. 날씨가 매섭다.

월드런 마라톤 42.195 풀코스를 뛰었다. 올해 들어 두 번째 풀코스다. 이번 달리기, 그것은 무념무상(無念無想)의 세계였다. 무엇인가를 생각하려 했지만 아무 것도 생각나지 않았다. 고집스럽게 매달린 미련들도 없었다. 그저 강바람은 찼고 그만큼 몸은 바람에 적당히 적응하려 살아 움직일 뿐이었다.

왜 그랬을까? 살아가는 데 미련이 없어서도 아니요, 그렇다고 무슨 마라톤에 달관이라도 했냐하면 그것도 아니다. 100리를 넘게 뛰며 왜 이러저러한 생각 없겠는가. 그러나 생각한들, 아스팔트를 달리는 일 이외에 무슨 일을 할 수 있나.

그래서일까? 이번 마라톤은 그렇게 몸이 힘들어하지 않았다. 4시간 10분이라는 기록이 앞 문장의 한 이유임을 설득력 있게 보여준다.

2013년 조선춘천마라톤 첫 풀코스 도전은 아쉽게도 기록증이 없다. 동호회원을 따라갔다가 다른 이의 배번에 그나마 기록칩도 달지 않았기 때문이다. 이런 내가 풀코스를 10여 번, 32킬로를 4번, 하프를 20여 번,

10킬로는 수백 번, 그리고 53킬로 울트라를 거쳐, 2018년 8월 25일에는 강화 울트라마라톤 101킬로도 무사히 마쳤다. 마라톤은 이렇게 누구에게나 기회를 주는 꽤 정의로운 운동이다. 패거리도, 금전도, 권력도, 사회에서 통하는 부조리한 삶은 아예 존재할 수 없다. 마라톤은 불끈 쥔 두 주먹과 힘찬 두 다리, 역동하는 심장과 땀방울만을 요구한다.

마라톤을 하는 합리적인 해명

우선 모든 구절 앞에는 주어 '나는'이 들어간다. 각자 신체적인 구조, 생리적인 상황, 유전적 조건 따위 무수히 많은 변수를 인정하지 않을 수 없어서다. 2012년, 50세를 넘어 입문하여 이제 주력(走歷, 달린 이력) 8년째다. 작년에 풀코스 2번, 53킬로 울트라와 101킬로 울트라를 뛰었다. 올 해 1,2월에 풀코스 3번을 뛰고 동아마라톤을 준비한다. 42.195킬로미터 최고 기록은 3시간 47분(5시간 넘어 들어온 적도 1번 있다)이고 101킬로 강화울트라는 14시간 37분이다. 그러니 마라톤 동호인들 중 중간 정도에 해당할 듯하다. (나는, 내가) 마라톤을 하는 이유는 이렇다.

1) 마라톤은 정의로운 운동이라 생각한다.

난 대한민국에서 반 백 년을 살아가며 별로 대면치 못한 '정의'라는 두 글자를 마라톤에서 항상 본다. 마라톤은 약간의 유전적 조건이 필요하지만 이 또한 노력(연습)을 안 하면 무용지물이다. 42.195킬로미터는 누구에게나 공평하게 반드시 '연습'을 필요충분조건으로 요구한다. 더욱이 공정하다. 누가 부축할 수도 없다. 신분이 어떠하든, 돈이 많든 적든, 배웠든 못 배웠든 따위, 성별도, 나이도 가리지 않는다. 우리 사회의 지배적 질서는 단 1%도 의미 없다. 오로지 자신의 힘으로만 뛰어야 한다. 그래, 마라톤은 정의이다.

2) 주로에서 절대로 경쟁을 하지 않는다.

경쟁할 이유가 없다. 난 선수가 아니다. 내 삶을 위해 마라톤이란 운동을 선택했을 뿐이다. 마라토너들은 주로에서 나와 함께 달리는 분일 뿐이다. 혹 경쟁이란 말을 사용할 곳이 있다면 난 나와 경쟁을 한다. 사실, 10킬로든, 21.0975킬로든, 32킬로든, 42.195킬로든, 101킬로든 뛰는 순간부터 끊임없이 유혹하는 속삭임이 있다. "왜 힘들게 뛰어." "그런다고 뭐가 달라져." "그만 둬." "편하게 쉬어." 등. 모두 의문형이 아닌, 단정적인 마침표로 강력한 유혹을 펼친다. 난 이 속삼임과 경쟁하지 절대 옆을 달리는 마라토너들과 경쟁하지 않는다. 이것은 내 삶의 격조를 끌어 올려 준다. 그래, 마라톤은 격조이다.

3) 절대 최선을 다하지 않는다.

10킬로는 모르겠지만 하프는 10킬로까지, 풀코스는 하프까지 '깜냥(내가 할 수 있는 최고치의 능력 정도의 의미)'의 70~80%만 사용한다. 연습을 한 보통 마라토너라면 10킬로 쯤 뛰면 몸이 풀린다. 서브4는 물론이고 마의 서브3리 가능할 듯하다. 그러나, ……다. 32킬로를 넘으면 거의 다리가 굳어버린다. 자칫하면 결승점을 영영 놓칠 수도 있다. 한 번 더 그러나를 쓴다. 그러나, 70~80% 정도로 하프를 지나면 결승지점을 볼

확률은 대단히 높아진다. 그래, 반환점을 돌아 서서히 온 힘을 모은다. 물론 이 때부터는 최선을 다한다. (최선을 다하지만 생각대로 되지 않는다. 내 몸의 주인이 비로소 몸임을 깨닫는다.) 그러면 저 멀리 피니시 라인이 보이고 '완주'라는 순간의 기쁨을 만끽한다. 즉, '절대 최선을 다하지 않는다'는 말은 '페이스 조절을 잘하라'는 말이다. 인생도 그렇듯이 페이스를 조절 못하면 삶은 뒤틀리게 마련이다. 그래, 마라톤은 절제이다.

4) 연습을 할 때 말하지 않는다.

나는 동호회원들과 함께 운동을 한다. 뛰기 전, 반갑게 인사를 주고받는다. 하지만 주로에 들어서면 별로 말을 하지 않는다. 조금이라도 힘을 아껴 최선을 다하기 위해서다. 대회도 마찬가지다. 삶에 연습 없듯이 큰 대회를 위해 준비하는 게 아니라는 생각이다. 작은 대회든, 동호회원들과 달리든, 모두 내 소중한 삶이기에 말하지 않는다. 그래, 마라톤은 최선이다.

5) 동호회를 찾았다.

동호회는 마라톤을 하는데 너무 많은 도움을 준다. 극한 상황을 함께 달려본 이들은 안다. 완주 후 막걸리 한잔이, 연습 후 함께하는 식사가, 함께 했기에 더 소중하게 느껴진다. 마라톤을 하는 사람들의 언어는 공허한 헛소리가 없다. 격렬한 심장소리, 쇳소리로 변한 숨소리, 그리고 대지를 박차는 발자국 소리를 온몸으로 느낀 자들만의 언어는 서로의 어깨를 툭치는 것만으로도 충분히 교감이 오간다. 그것은 극한의 진중한 언어이다. 또 비가 오나, 눈이 오나, 그 날 그 자리에 가면 있을 동호회원이 있다. 그것은 약속이다. 이른 아침에도 벌떡 일어나게 하는 힘이 거기서 나온다. 그래, 마라톤은 교감이다.

6) 마라톤과 내 전공을 연결한다.

누구나 자기의 전공(주된 업)이 있다. 마라톤 선수가 아닌 이상 마라톤은 내 전공이 아니다. 마라톤을 뛰기 전 178센티미터에 90킬로그램에 육박하였던 내 몸은 서서히 변화하였다. 지금 나는 72킬로그램 정도를 유지한다. 마라톤을 뛴 후 내 실력이 나아졌다고는 할 수 없다. 다만 내 전공에 분명히 도움을 많이 준다. 난 글을 쓰고 학생을 가르친다. 그렇게 생각하니 그러해지게 느껴서인지는 잘 모르겠다. 하지만 '수업이 전보다 활동적이고 내 글도 조금은 더 건강하고 넓은 세계를 다루지 않나' 하는 생각이 든다. 덤으로 주력(走歷)에 비례하여 주력(酒力)도 조금은 늘은 듯하다. 그래, 마라톤은 학문이다.

7) 내 이름 석 자를 써 놓은 옷을 입고 달린다.

조상님이 주신 내 이름 석 자는 '간호윤'이다. 이름은 하나의 바코드 기호에 지나지 않지만 묘한 마력(魔力)이 있다. 주저앉고 싶을 때마다 등에 붙은 내 이름 석 자가 나를 응원한다는 것을 느낀다. 그것은 '아멘'이니 '나무아미타불'만큼이나 묘한 일종의 주술적인 힘이다. 그래, 마라톤은 신앙이다.

8) 주력(走曆)이 더하며 마라톤에 대한 생각이 변한다.

내 교사 경험으로 미루어 3년~5년이 가장 교사로서 능력을 발휘하였다. 마라톤도 그렇다. 마라톤을 시작하여 3년을 지나며 내 몸은 서서히 변화하였다. 5년이 지나자 몸에 틀이 잡혔다. 체간(體幹, 머리의 정중선에서 부터 시작하여 가슴의 중심부를 지나 생식기까지 이어지는 선으로 인체의 중심선)이 바로잡혔다. 마라톤에 관한 안목의 간극도 세월만큼 확장되었다. 마라톤은 더 이상 다리 운동이 아닌, 오히려 복부, 팔 등 상체의 밸런스가 중요하다는 것도 깨달았다. 여기에 내 몸 외에 시간 안배, 모자에서 신발, 양말까지 세심한 배려가 필요하다는 것도 알았다.

내 글 속에서도 '힘들다, 기록, 왜 나는 저들 보다 못 뛸까?'보다는 새로운 어휘가 확연히 눈에 뛴다. 그것은 동호회, 삶, 자연, 순간의 소중함, 인생, 희열 따위이다. 조금은 넉넉하고 꿋꿋한 어휘들이다. 종종 사람들은 마라톤을 인생에 견준다. '마라톤과 인생' 이제야 조금은 이해가는 멋진 비유이다. 그래, 마라톤은 분명 변화이다.

사랑과 교감

2019년 기해년 1월 1일 6시에 일어났다. 주섬주섬 가방을 챙겨 42.195킬로 신년 마라톤을 뛰러 간다. 새벽달이 저만치 걸려 있다.

송내역에서 전철을 타고 여의도 행사장으로 이동한다. 부천두발로 회원들도 하나 둘 승차한다. 모두 반갑게 악수를 건네고 새해 덕담을 주고 받는다. 이 모임이 있기에 내 마라톤도 가능하다. 혼자라면 이 겨울, 더욱 1월 1일에 마라톤을 뛰러 가겠는가. 울트라 이후로 몸 상태는 역시 좋지 않다. 동호인들과 이야기를 주고 받으며 풀코스를 뛴다는 부담에 영 불편한 마음이 풀어진다.

풀코스이기에 약 70% 정도의 속도로 달렸다. 근 3개월 운동을 거의 못하였지만 그런대로 몸은 괜찮다. 약 12킬로미터쯤 갔을 때였다.

"저 이 끈 좀 잡아주세요."

시각장애인과 뛰는 페이스메이커 분이었다.

페이스메이커 분은 난처한 표정이었다.

"전 한 번도 페이스메이커를 한 적도 없습니다만…."

"제가 급해서 그럽니다. 부탁합니다."

페이스메이커 분이 건네주는 끈을 엉겁결에 넘겨받았다. "사람 일은 한 치 앞도 모른다"는 속담이 휙 머리를 스치고 지나갔다.

그렇게 시각장애인 분(시각장애인 마라토너 손병석 씨)과 달리기가 시작되었다. 손병석 씨는 키는 작지만 강단 있어 보였다. 발걸음도 가벼웠다. 서툰 내 페이스메이커 노릇에도 나보다 반 걸음은 더 빨리 뛰었다. 그렇게 하프 지점을 통과했다. 이미 내 몸 상태도 90%에 도달하였다. 심장은 격하게 뛰었다. 도로도 좋지 않은 데다 자전거와 행인이 오고 가기에 말을 계속 건네야 했다.

"자전거가 옵니다."

"길이 좁습니다."

"왼쪽으로 한 걸음 오세요."

"언덕입니다."

……………………………………

손병석 씨는 초보인 내 페이스메이커로 인하여 몇 차례 넘어질 뻔하였다. 나 혼자 몸도 주체하기 힘들기에 내 마음도 그만큼 불편해졌다.

……………………………………

"제가 페이스메이커는 처음이라 불편하시지요."

"아니에요. 괜찮아요. 고맙습니다."

괜찮다고 했지만 그럴 리가 없다는 것을 모를 리 없었다.

늘 숨이 턱에 차던 마의 32킬로를 어떻게 통과하였는지도 몰랐다.

35킬로쯤 왔을까. 손병석 씨는 발을 약간 접질려서인지 발걸음이 눈에 띄게 힘들어 보였다. 잠시 쉬어가자며 손병석 씨는 주머니를 뒤지더니 나에게 에너지젤을 수줍게 건넸다.

이제 이런저런 이야기를 할 만큼 여유로워졌다. 손병석 씨는 시각장애인마라토너에 주력도 겨우 6년이지만 이미 100차례가 넘게 풀코스,

101킬로와 200킬로 울트라마라톤을 소화해낸 분이었다. 직업은 안마사요, 집이 경기 화성이라는 것도 알았다. 내 고향 또한 경기 화성이기에 이 또한 인연인가 싶다는 생각도 들었다.

40킬로쯤 왔다. 이제 2킬로쯤은 걸어서도 간다. 문득 궁금증이 생겼다.

"그래, 이렇게 마라톤을 뛰며 무엇을 얻었습니까?"

손병석 씨는 내 뜻밖의 질문에 잠시 머뭇거리더니 이렇게 말했다.

"인생과 마라톤이 같다고 생각해요. 사랑이지요."

그리고 잠시 후 또 이렇게 말했다.

"교감이지요."

'사랑과 교감' 난 마라톤을 하며 '인생'이란 말은 들어 보았지만 '사랑과 교감이'란 어휘를 들어본 적이 없었다.

골인 지점이 보일 무렵 병석 씨의 페이스메이커 분이 기다리고 계셨다. 다 왔으니 나보고 끝까지 병석 씨와 함께 뛰라고 등을 밀어 준다.

드디어 42.195킬로를 통과하였다.

"자 이제 골인지점에 다 왔습니다. 병석 씨 손을 드세요. 앞에서 사진 찍습니다."

병석 씨와 나, 우리 기록은 나란히 4시간 17분 32초였다. 좋은 기록은 아니었지만, 몸도 가볍고 기분은 그보다 더 가벼웠다.

병석 씨는 고맙다고 나에게 식사나 같이 하자고 하였다.

내가 일행이 있어 곤란하다고 하자.

"제가 안마해 드릴게요. 꼭 한 번 오세요. 고맙습니다."

병석 씨는 내 이름 석 자와 핸드폰 번호를 저장하였다. 내 핸드폰에도 손병석이란 이름을 적었다.

"언제 주로에서 또 만납시다."

"고맙습니다. 꼭 한번 제가 마사지를 해 드릴게요."

좌측: 병석 씨 / 우측: 필자

돌아오는 전철, 병석 씨가 말한 '사랑, 그리고 교감'이란 말을 생각해본다. 쓰질 않았을 뿐이지 내 마라톤 모임인 두발로마라톤동호회원들 간에도 이런 교감과 배려가 있으리라. 그러고 보니 내 옆 자리에서 두발로마라톤 회장님이 "몸은 괜찮으냐"고 걱정을 한다. 먼저 풀코스를 뛰고 들어와 언 손을 비비며 나를 기다렸다. 또 송내역 동태집에는 하프를 뛴 두발로마라톤동호회원들이 우리를 기다리고 있다.

알몸마라톤

2018. 12. 16.

작년에 이어 올 해도 월미도 알몸마라톤을 뛰었다. 작년에는 영하 16도. 그야말로 살갗을 면도칼로 베이는 듯한 추위였다. 올해는 영상 1도쯤이다.

8월 말, 101킬로미터 울트라마라톤 이후 제대로 된 연습이 없었다.

이른바 마라톤 용어로 '피로골절(疲勞骨折, 과도한 운동으로 나타나는 미세한 골절 부상)'이 온 것이다. 몸도 마음도 무겁다. 마라톤에서 연습은 참 정직하다. 늘 골인 지점을 통과할 때는 극한 희열을 느낀다. 아주 '잠시'지만 이 잠시는 잠시의 잠시가 아니다. 꽤 긴 여운을 남기기 때문이다.*

---

* 우리나라에는 일반 마라토너를 위한 책이 별로 없다. 내가 도움을 받은 책은 티모시 녹스가 지은 『달리기의 제왕』이라는 책이 있다. 이 책에는 전문 마라토너에서 일반인까지 모두 볼 수 있도록 마라톤에 관한 모든 지식을 수록하고 있다.

비례의 법칙

조선일보춘천마라톤 공식 기록이 도착하였다.
전전 년도에 비하여 기록이 점점 좋아졌다. 운동량에 비례함을 알 수 있다. '비례', 살아가며 노력에 비례보다는 반비례를 더 많이 보았다. 심지어 배움에서조차도 그렇다. 그렇게 배우고 배워도 실력도 인격도 늘지 않는다. 이를 유전적 소인이나 환경적 인자로만 풀어낼 수 없다. 정의니, 도덕이니, 예의, 사회문화 따위 언어와 소통을 해야만 해결되기에 말이다.

살아가며 나는 반비례의 법칙을 종종 목도한다. 늙어 추한 사람을 더 많이 보고 지식인이라는 사람에게서 사이비를 더 많이 보고 가진 자들에게서 역겨운 탐욕을 더 많이 보고 지위 높은 자들에게서 고약한 교만을 더 많이 본다. 늙었다고 어른이 아니니 늙은이요, 박사지만 지식인이 못 되니 글장수요, 국회의원이니 관리라지만 지도자가 아니니 이익집단 일원이고 탐관오리요. 재벌이지만 봉사를 모르니 수전노일 뿐이다. 이종오는 그들이 사는 세계를 패거리 짓고, 물질만 추구하며, 갖은 욕심을 부리고 예의를 모르고 두터운 얼굴과 시커먼 마음으로 무장한

불한당들 후흑학(厚黑學)의 세계로 이해했다. (그래 이 세상을 '참고 견디지 않고는 살아갈 수 없다'는 감인세계(堪忍世界)라 부르는지도 모르겠다.)

'산이 그곳에 있으니 오른다(Because it is there).' 1924년 인류 최초로 에베레스트 정상에 오른 산 사나이 조지 말로리의 말이다. (그후 75년만인 1999년 에베레스트 정상부근에서 그의 시신이 발견되었다.) 누군가 나에게 '마라톤을 왜하지요?'라고 물으면 난 어떻게 답할까?

무라카미 하루키는 "두 다리를 가지런히 모으고 허공을 질러 가는 백로의 모습을 올려다보며 그리운 러빙 스푼풀의 음악에 귀를 기울이면서"라 한다. 그러나 나는 "반비례의 법칙이 작용하는 대한민국에서, 그래도 상식이 통하는 비례의 법칙을 발견해서"라 말하고 싶다. 앞 문장이 진정 마라톤을 뛰어 얻은 성취감보다 앞서는 이유인지 아닌지는 확언할 수 없다. 다만 그 긴 거리를 달리며 나는 수없는 말과 생각을 하고 또 하며 말까지 주고 받는다. 그 대상은 때론 길가의 이름 모를 풀 포기에서 저 푸른 하늘의 하늘님까지이다. 단지 '성취감'을 얻기 위해서 달리는 것은 절대 아니다. 내가 글을 그냥 재미로 쓰지 않듯, 내가 달리는 마라톤에는 나만의 이야기가 그렇게 숨어 있다.

조선일보춘천마라톤 공식 기록부터 정리해보면 아래와 같다(하프나 32킬로미터, 등등은 모두 제외).

조선일보 춘천마라톤 기록은 아래와 같다(42.195킬로미터).

2013년: 5시간 30분 정도쯤 완주(42.195 첫 마라톤 도전: 타인의 배번을 달고 뛰었다. 더욱이 기록칩이 무엇인지 몰라 착용치 않았기에 기록증 없음)

2014년: 불참

2015년: 4시간 54분 32초

2016년: 4시간 41분 52초(전체순위: 7147)

2017년: 4시간 20분 57초(전체순위: 4723)

2018년: 4시간 4분 49초 (전체순위: 3523)

2019년: 아직은 아무도 모른다. 나조차도.

동아일보 마라톤 기록은 아래와 같다(42.195킬로미터).

2015년: 5시간 20분(기준시간 5시간 초과로 실격 처리되어 기록증이 없음)

2016년: 4시간 40분 51초

2017년: 3시간 58분 30초

2018년: 3시간 48분 50초

울트라마라톤 기록은 아래와 같다.

2018년 8월 4일: 7시간 39분(53킬로미터)

2018년 8월 26일: 14시간 37분(101킬로미터)

그러나, …

10월 28일 새벽 5시, 춘천마라톤을 뛰러 간다. 올해로 6번째이다.

날씨가 만만치 않을 것을 대비해 비옷도 준비하고.

오늘도 아들이 사준 마라톤화와 함께 달려보자 생각하지만, 감기 몸살로 심신은 최악이다. 더욱이 그동안 여러 일들로 근 한 달 연습도 못했다.

늘 마라톤은 자신을 돌아보게 한다. 꼭 무엇을 얻으려 뛰는 게 아니지만 '힘들다' 이외에 '다른 그 무엇과 만났으면' 하는 기대를 해본다.

7시 40분. 희끄무레하게 해가 떠오른다. 감기약도 챙겨 먹는다. 잔뜩 웅크린 몸은 벌써부터 오한을 느낀다.

차창 밖으로 초록도 지쳐 단풍 든 산하가 지나간다. 곱게. 그렇게 나이를 먹었으면 좋겠다.

비가 내린다.

마라톤 뛴 중에 가장 날씨가 좋지 않았다. 성적도 그저 그렇다. 8월 두 번 울트라마라톤 이후 식욕이 현저히 감퇴하더니 그 결과가 32킬로부터 나타났다. 폐활량은 멀쩡한데 다리가 움직이지 않더니 마라톤 뛴 뒤 처음으로 현기증까지 일어났다. 달리기를 하며 배고픔을 느낀 것도 처음이다.

36킬로쯤인가? 4시간 페메*도 진작 나를 지나쳤다. 이미 기록은 신경 쓸 필요조차 없다. 이번에는 처음으로 인터뷰도 해보았다. 우리 가족이 건강하고 행복하면 하는 바람을 말했다.

32지점까지 기록에 비해 나머지 10킬로는 너무 떨어진다. 골인지점을 통과할 무렵 빗줄기는 점차 어깨에 약간의 통증을 느낄 만큼 강해졌다. 한기와 오한으로 추워 떨면서도 빗속에서 빵 하나를 먹었다. 시장이 반찬이라더니 '빵 맛이 꿀 맛'이기는 초등학교 이후 처음인 듯하다. 지금까지 주최 측에서 주는 빵을 먹어보기도 처음이다.

마라톤을 뛴 뒤 처음으로 피도 봤다. 그래도 사람살이보다는 괜찮다. 노력한 만큼 정당한 성적을 받으니 말이다. 마라톤을 하는 강력한 이유 중 제일일 것이다.

아들아이가 사준 마라톤화

내가 가장 아끼는 마라톤화다. 마라톤화는 경기의 보조물품이 아니라 경기 그 자체이다.

내년 이 대회를 또 찾을지는 모른다.

그러나, …….

* 페이스메이커, pace maker, 주최 측의 지시에 따라 지정된 시간에 맞춰 일정한 페이스로 완주하는 도우미. 줄여서 페메라 한다.

부지런함과 게으름

"에이, 마라톤 연습을 했잖아요."

며칠 전, 술자리이다. 마음씨 좋은 마라톤 동호인 회장이 손사래를 치며 말했다. "올여름 글 한 줄을 못 썼습니다"라는 내 말을 "에이, 마라톤 연습을 했잖아요." 이렇게 받았다.

그래, 남들의 눈에 나는 아마도 마라톤을 한 듯했다. 가만 생각하니 그것도 틀린 말은 아니다. 올여름은 참 더웠다. 그 한 여름 내내 나는 울트라마라톤을 대비하여 연습에 연습을 하였다. 새벽 2시 30분부터 일어나 6시간을 달린 날도 있었다. 그러고 보니 『도덕경』에 "아무 일도 하지 않음이 아무 일도 하지 않음이 아니다(無爲而不無爲)"라는 말도 있고, 8월 한 달에만 53킬로와 101킬로 울트라마라톤을 뛴 것이 정녕이니 분명 아무 일도 없던 날들은 아니다. 나름 '부지런함'을 떨었다 말해도 크게 속여먹지는 않을 말이다. 하지만 그래도, 왠지 가는 이 여름이 꽤 아쉬운 이유는 아무래도 내 본업인 학업에 '게으름'을 피운 것은 아닌가 해서이다.

아침부터 마음을 달래려 근원 김용준 선생의 글을 읽는다. '게으름과 예술'이라는 수필에서 눈길이 멈췄다.

"예술을 일삼는 자 부지런함을 먼저 수업하여야 할 것이나 그러나 그보다도 먼저 예술이 무엇임을 알려는 자 모름지기 참된 게으름의 요령을 체득하여야 할 것이다."

내 속물로서 저 근원 선생의 '참된 게으름'을 어찌 알겠는가? 여하튼 마라톤에서 보자면 부지런을 떤 것 같기도 하지만 학업 쪽에서 보자면 게으름을 피운 것도 사실이다. 모쪼록 내 이 여름 학업에 대한 게으름이 마라톤의 부지런함으로 조금은 메워졌으면 하는 바람이다.

강화 울트라마라톤 101킬로미터

리바이어던(Leviathan)

리바이어던: 리바이어던은 구약 성경 〈욥기〉에 나오는 지상 최강의 괴이한 동물. 나는(사실 공부를 하며 나를 1인칭 대명사의 주역으로 생각해 본적이 별로 없다. 이 나라 학문의 세계는 그들만의 조합원이 결성되어 있어서다. 물론 나에게 이 세상은 더 큰 괴물이지만 말이다.) 대학원을 다니고 이른바 '학문이라는 것'을 하며 이 국문학 세계를 '리바이어던 쯤'으로 여긴다. 그것이 어느 쯤인지는 정확히 기억이 나지 않으나 꽤 오래된 일인 것만큼은 분명하다.

언젠가부터 마라톤을 하는 이유 중 하나를 꼽으라면 위 문장이 들어간다. 마라톤에 꽤 감사한다. 마라톤은 그저 그런 가치의 나를 한 존엄한 존재로 여기게 한다. 나는 극히 보통사람이다. 운동도, 체력도, 지능도, 하다못해 인간성마저도, 여하튼 그러하다는 데 어느 누구도 토를 달지는 않을 듯하다.

마라톤(달리기)은 이런 나에게 큰 품을 내줬다. 물론 함께 주로를 달리는 마라토너들도 마찬가지다. 오로지 자신의 연습과 신체로만 승부할 뿐이다. 그 어떠한 꼼수도 통하지 않는다. 101킬로를 뛰는 울트라마라톤 같은 경우는 더욱 그렇다. '더 빨 리가 아닌 더 멀리'에는 마라톤에 재능도 큰 의미가 없다. 오로지 "노력하는 자 노력한 만큼 달리고 노력하지 않는 자 달리지 못한다."가 불문율이요, 정언명령이다. 참 단순하고도 명쾌한 논리이다. 우리 사회에서 이 말에 부합되는 예를 찾으려면 도덕과 정의가 안치된 어느 박물관에서나 찾아야 한다.

갑비고차 울트라마라톤

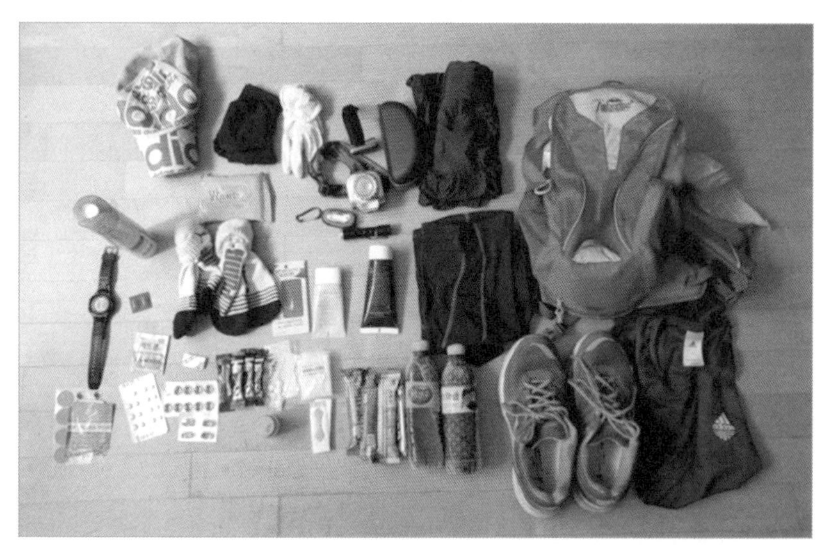

울트라마라톤에 임하며 '낯선 두려움'도 그렇지만 '준비'와 '세심', '성실'이란 단어를 자주 만난다. 101킬로 울트라마라톤은 1박 2일을 뛰어야 한다. 선수 수는 아주 적고 거리는 멀다. 서로 거리가 이격되다 보니, 한밤중에 모르는 길을 혼자 달려야 한다. 가장 중요한 내 몸과 마라톤화뿐만 아니라 다른 소소한 물품에게도 세심히 배려를 해야 하는 이유다.

우선 물품을 넣을 배낭이 필요하다. 배낭은 울트라마라톤용 배낭으로 내 몸에 잘 맞고 밝은 색이어야 한다. 물론 복장색도 그렇다. 가방 속에 챙겨 넣을 물품은 모두 비상용이기에 언제 어디서 쓸지 모른다. 물통 1, 에너지 젤 4~5개, 초콜릿 2개, 소염제, 목장갑, 비상용 양말, 속옷, 썬 크림, 시계, 스포츠 겔, 휴지, 물집이 잡히면 사용할 바늘과 실, 특히 자신의 안전을 비춰줄 랜턴과 후미 주자를 위해 점멸 등 2개는 반드시 구비해야 한다. 혹 모를 우천이나 밤낮 온도차에 대비해 우비도 준비하면 좋다. 이외에 몸에 어떤 현상이 나타날지 모르기에 소화제나 아스피린 등도 챙겨야 한다. 가장 중요한 것은 '나는 나를 믿는다'라는 '정신'만은 꼭 챙겨야 한다.

어제 늦게 수업을 마쳐서인지 맥주 한 병을 먹고 푹 잠이 들었다. 그러고 눈을 떴다. 여느 날처럼 생전 처음 맞는 오늘이지만 영 묘한 아침이다. 마치 조그만 옹달샘에 약간의 파문을 일며 솟는 물방울 같다. 온전한 나만의 시간, 하루키의 용어를 빌리자면 이 또한 소확행(小確幸)이 아닐런지.

주섬주섬 오늘 강화 울트라 101킬로 뛸 채비를 한다.

시간표도 챙겨 넣는다. 목표는 15시간이다. 52.5킬로까지는 7시간 16분으로 맞추고 그 이후는 체력이 현저히 떨어질 것을 대비하여 15시간도 써 넣었다.

가장 중요한 것은 런닝화이다. 42.195킬로 뛰는 마라톤화는 뒤꿈치가 없기에 일단 제외다. 두 켤레를 가져갈 수도 없기에 고심이다. '디아도라화'는 겉은 후줄근해도 인하대아이들과 국토대장정 3년을 함께한 베테랑이다. 101킬로는 처음 뛰기에 발 뒤꿈치를 감안한 선택이다.

2018 강비고지 울트라 100 km

강비고지 주로도 현황

구간	누적	방향	비고
0	0	강화공설운동장 출발	
6.7	6.7	유석자동차공업사( ) 우회전	
5.7	12.4	인산삼거리 좌회전	
1.1	13.5	양도초교(건평리 방향) 우회전	
2	15.5	왕지삼거리 좌회전	
4.5	20	내리삼거리 (쉼터)	1cp(물,음료,간식제공)
1.1	21.1	후포삼거리입구(마니산 방향) 좌회전	
2	23.1	화도초교 앞	우측에 화장실
4.3	27.4	사기리입구 우회전	
1.6	29	나주식당 좌회전	
0.6	29.6	길상교 삼거리 우회전	
4.5	34.1	[illegible] 사무소앞 좌측길	
0.9	35	동검삼거리 좌회전	
1.3	36.3	[illegible]교 우회전	2cp(물,음료,간식제공)
2.9	39.2	초지대교사거리	
1.7	40.9	초지진입구삼거리	
1.3	42.2	덕진진입구사거리	
1.7	43.9	광성보입구 좌회전	
2.5	46.4	오두돈대	
6.3	52.5	갑곶돈대 (구역사관)	3cp(식사,제한시간:8시간30분)
0.5	53	강화대교 사거리 직진 통과후 우회전	
4.7	57.7	연미정삼거리 좌회전	
2	59.7	[illegible]교차로 우회전	
3.5	63.2	송해삼거리(강화평화전망대 방향) 우회전	4cp(물,음료,간식제공)
3	66.2	[illegible]교	
0.9	67.1	[illegible]자연사박물관입구 좌회전	
0.3	67.4	강화화문석관 지나 좌회전	
4.2	71.6	하점우체국입구 우회전	
2.6	74.2	신봉리삼거리 좌측길	
1.7	75.9	[illegible]미술관입구	
1.2	77.1	창후리입구(마을회관앞) 좌측길	5cp(물,음료,간식제공)
4.3	81.4	오상리입구 우회전	
3	84.4	구하리마을회관	
1.7	86.1	[illegible]리포구 입구 좌회전	6cp(물,음료,간식제공,[illegible]과제공)
2.9	89	외포리수산시장 좌회전	
0.2	89.2	외포리사거리 좌회전	
1.2	90.4	외포리고개정상,[illegible] 펜션	
1.7	92.1	바다의별수련원입구(고려저수지입구) 우회전	
2.6	94.7	신선저수지입구 좌회전	
1.9	96.6	적석사입구	7cp(물,음료,간식제공)
1.7	98.3	고비고개정상	
1.7	100	국화리삼거리 우측길	
2	102	강화공설운동장 (식사)	골인점: 16시간

그리고 이 붉은 녀석.

이 런닝화로 최종 결정하였다. 처음 산 날 신고도 금천 울트라 53킬로를 완주하였다. (참 이상한 것은 그때의 고통이 전혀 남아 있지 않다는 어이없는 사실이다.) 붉은 색은 내가 좋아하는 색이기도하다. 그래 너를 믿는다. 함께 강화를 달려보자꾸나.*

이제. 모든 것을 마쳤다. 잠시 후 5시면 '미지의 세계'로 출발한다. 내일 내가 이 운동장에 무사히 귀환할지는 모른다. 다만 지금까지 한 내 노력에 대한 만큼만 결실을 바랄 뿐이다. 길을 따라 걸음을 옮기고 바람결에 숨쉬기를 할 뿐이다. 모쪼록 내 몸이 자연과 하나되고 이 시

* '울트라마라톤화'는 발과 지면의 마찰을 최대한 완충 작용해 주는 런닝화가 좋다. 뒤꿈치가 딱딱하면 안 된다. 난 10킬로와 하프는 뒤꿈치가 얇은 것을 선호한다. 풀코스 같은 경우도 경기력을 향상시키려면 얇은 마라톤화를 선택한다. 이것을 보면 사물과도 상황에 대한 역학관계가 성립한다. 그러고 보니 신발도 단순한 신발이 아니다.

간만큼은 잇속의 세상을 벗어나 무진장의 자유를 누려보면 좋겠다.

겸하여 지금 이 자리에 서기까지 도움을 준 여러 분들에게 깊은 감사를 드린다.

울트라마라톤에서 42.195킬로 마라톤은 의미 없다. 가벼이 45킬로를 지날 때쯤 헛구역질이 넘어왔다. 작은 돌부리라도 채이면 몸이 휘청거렸다.

드디어 52.5킬로. 반환점이다. 시간도 계획보다 20여 분 앞선 6시간 50분에 도착했다. 간단하게 주최 측에서 주는 음식을 먹었다.

간단하게 요기를 하고 10여 분 쉬어서인지 지친 몸에 생기가 돈다. 강화도의 맑은 밤하늘이 펼쳐진 것을 그제야 본다. 그러고 보니 보름달이다. 몹시 튼실하게 생긴 보름달 옆으로 셀 수 없는 별들이 반짝인다. 이제야 하늘의 별들과 길가의 풀들과도 대화를 해본다. 멀리 논배미의 올벼들 위에 희미한 새벽안개가 내린다.

이 사람 저 사람, 이 일 저 일이 떠오른다. 이상한 것은 즐거운 일보다는 괴로운 일이 더 많이 떠오른다. 사람도 마찬가지다. 밤 하늘에 대고 냅다 소리를 질렀다. "………!" 참 미안하다. 꼭 청정무구 도량에 쓰레기 한 삼태기를 버린 것 같다. 어찌되었건 내 마음은 조금 깨끗해진 것 같다는 느낌이 든다. 그래 몸은 고통이지만 정신은 맑다.

어느새 어둠도 가셨다. 미명을 헤치고 붉은 태양이 이끄는 아침이 오는 것이 보였다. 이제 마지막 산악 구간으로 접어든다.

8CP 96.6km 지점 고려산 정상 부근이다.

환하게 날이 밝았다. 고려산만 넘으면 된다. 시간을 보니 14시간을 막 지난다. 이 정도면 계획한 15시간에 충분하다. 그러나 산길은 1킬로라도 꽤 길다. 빠른 걸음으로 넘는다.

드디어 골인지점이 보인다. 한 걸음 한 걸음이 모여 여기까지 왔다. 그것은 순수한 땀방울이 만들어낸 정직한 결과다. 내가 마라톤을 좋아하는 이유이다.

어제 5시 출발하여 오늘 아침 7시 37분. 14시간 37분이다. 이렇게 내 생애 첫 101킬로 울트라마라톤 도전기는 막을 내렸다. 3월 동아마라톤대회 준비부터 계산하면 근 10개월의 장정이었다.

긴 잠을 자고 오늘 아침 눈을 뜬다. 인터넷을 열어보니. 대웅제약 회장의 욕설 파문이다. 다시 내가 이 세상으로 돌아왔다는 것을 절감한다. 어제 후유증으로 구역질이 나온다. 그것은 갑질의 역겨운 일상을 살아내야 한다는 의미이기도 하다.

며칠 뒤, 인터넷에 등수도 올라왔다. 완주자 171명 중, 기록은 아래와 같다.

〈101km 기록〉

순위 / 배 번 / 성 명 / 기 록
========================
75 / 101 / 간호윤 / 14:37

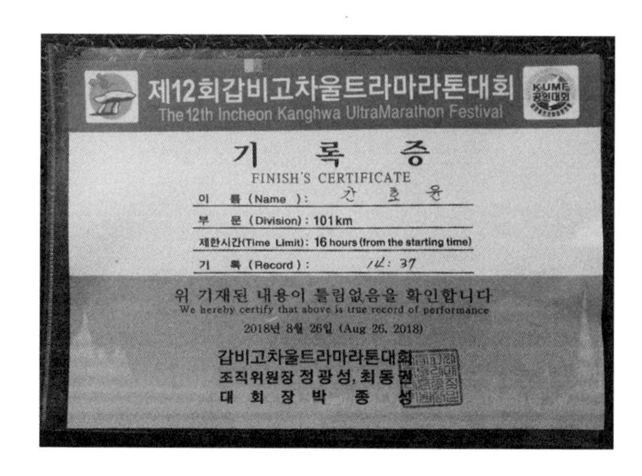

갑비고차 울트라마라톤 1주 전이다

배번도 이미 배정 받았다. '101번' 8월 4일 금천혹서기 울트라 53킬로부터 연습한 기록을 정리해 본다.

==

8월 4일: 금천혹서기 울트라 53킬로(7시간 39분)
8월 6일: 1시간 근력, 가볍게 2킬로
8월 8일: 1시간 근력, 16킬로(1시간 30분)
8월 9일: 1시간 근력, 22킬로(2시간 30분)
8월 11일: 1시간 근력
8월 12일: 소래산, 성주산, 인천대공원, 식사 등 산악, 22킬로(4시간)
8월 15일: 아침가리계곡트래킹 5킬로
8월 16일: 16킬로(1시간 37분)
8월 17일: 12킬로(1시간 10분)
2주 동안 이러저러한 형태로 총 138킬로를 뛰었다. 이제 남은 1주일 동안 몸을 잘 유지하면 된다. 남은 훈련량은 이렇다.
8월 19일: 10킬로(1시간)
8월 20일: 8킬로(48분)
8월 21일: 8킬로(48분)
8월 22일: 5킬로(30분)

==

나름 티모시 녹스가 제시한 '22주 울트라마라톤 훈련 스케줄'에 비교적 충실히 따랐다. 근지구력(筋持久力, 오랜 시간 동안 일정한 근력을 지속적으로 발휘할 수 있는 능력, 마라톤도 그렇지만 울트라마라톤은 더욱 그렇다) 강화를 위해 여름 한 철을 LSD(Long slow distance, 천천히 장거리 달리기)로 보냈다. 카보로딩(Carbohydrate Loading, 탄수화물 축적하기)도 신경 썼다. 30km 이후에는 체내에 글리코겐이 소진되어 달리기 힘들기 때문이다. 카보로딩은 체내에 더 많은 글리코겐(glycogen, 간에 저장해둔 포도당)을 축척하기 위한 방법이다. 선수들 경우 대회 15일 전 경부터 시작하는데 처음 9~10일간은 탄수화물을 먹지 않고 오로지 단백질만 섭취한다. 고기, 계란 등 단백질을 위주로 먹는데, 고기는 기름기가 적은 부위를 계란은 흰자만 먹는다. 그러면, 몸에서는 글리코겐이 천천히 고갈되어 위기 상황으로 전환된다고 한다. 따라 할 수는 없고 마음은 불편하다. 결국 대회 일주일 전부터 육류를, 대회 3~4일 전부터 밥, 빵, 면류 등을 중심으로 식생활을 소폭 바꾸기로 했다.

발걸음도 피치주법(Pitch, 보폭을 줄여서 걸음 수를 많이 한다)으로 바꾸었다. 몸이 위아래로 움직임이 적고 자세를 안정적으로 유지할 수 있어 에너지 소비량을 최대한 줄여주기 때문이다. 족저근막염(足底筋膜炎, 반복되는 과도한 충격의 결과로 족저근막 지방조직에 발생하는 염증)을 줄이기 위해 달리고 난 후 아이싱(Icing, 냉찜질)도 하였다.

1주일 후 갑비고차 울트라에서 15시간 안에 들어오는 것이 목표다. 하지만 어떠한 결과가 나올지는 그 누구도 모른다.

마라톤에서 '반드시 완주하라'는 정언명령은 통하지 않는다. 마라톤과 마라토너는 연인 사이이다. 그러니 마라톤에게 점령군 대하듯 하면 안 된다. 오히려 세심한 배려가 필요하다. 울트라마라톤은 참가자 수가 적다. 길을 잃을 수도 있기에 미리 주로도 익혀두고 옷가지, 각종 비상약이며 따위에 마음을 잘 건네야 한다.

금천 울트라마라톤에서 식사를 하다가

금천 혹서기 울트라마라톤 대회

1일 전이다.

아침에 약간의 근력 운동과 20분 달리기로 내일 53킬로 울트라마라톤 준비를 마쳤다. 하지만 마음은 전연 그렇지 않다. 오히려 부담이 점차 가중되어 간다. '혹서기(酷暑期)'라는 말까지 붙어서인지 더욱 그렇다. 더욱이 올 해 폭염을 두고 기상관측 이래 최고의 더위라 한다. 그러니 이 더위에, 53킬로라는 미지의 세계는 가히 지금까지 내가 겪은 공포 중 우듬지이다. 물론 풀코스를 여러 해 뛰었는데도 뛸 때마다 이러한 부담이 드는 것은 명료한 사실이다.

42.195킬로미터 풀코스만 하여도 몸과 마음을 극한상황으로까지 몰고 간다. 32킬로쯤 가면 다리는 마른 장작처럼 건조하니 뻣뻣하고 팔이며 심장 박동, 온몸의 장기까지 일사분란하게 '힘을 내자'고 간절히 부르짖는 제 주인의 명령에 손사래를 친다. 그야말로 온몸이 제 각기 제 마음대로다. 이럴 때면 한 마음 한 뜻으로 염원해도 될까 말까 할 상황이거늘 참 난감한 문제이다.

더욱이 이 53킬로미터 마라톤은 '강화 갑비고차 101킬로 울트라마라톤'을 뛰기 위한 탐색에 지나지 않는다. 지금까지 준비도 어느 정도는 되었다. 내년에 다시 준비한다 하여도 이보다 낫겠다는 보장은 없다. 차분히 마음을 가라앉혀야 한다.

벌써부터 왼쪽 무릎과 양쪽 사타구니, 왼쪽 쇄골 수술한 부위가 불편한 기색을 역력히 보이지만 달래보는 수밖에 도리가 없다.

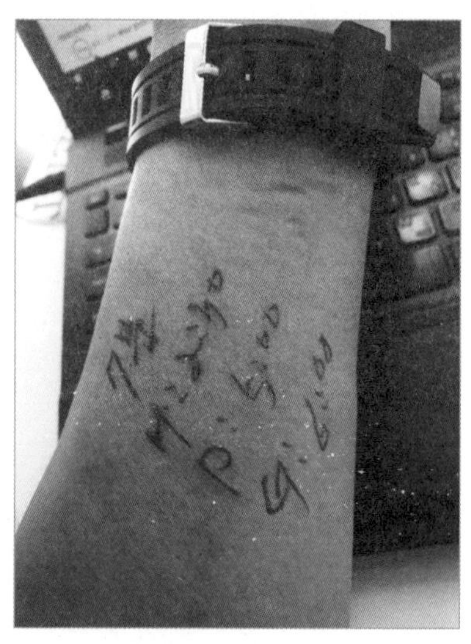

페이스 조절을 위해 손목에 시간을 적어 놓았다.

그리고 오늘 2018년 8월 4일이다. 역시 어제처럼 6시에 일어나 약 1시간 가볍게 근력운동을 하였다.

세상을 살다 보면 차라리 모르는 게 더 나을 때가 있다.

세상을 살다 보면 차라리 모르는 게 더 나을 때가 있다. 지금이 꼭 그렇다. 풀코스를 맨 처음 뛸 때 사실 두려움이 없었다. 전혀 미지의 세계이기에 풀코스 마라톤 고통의 강도를 모르기 때문이다. 하지만 이제는 하프 든, 풀코스 든, 전력을 다해 질주하는 고통의 강도를 너무 잘 안다. 골인 지점을 통과하며 극심한 육체의 고통은 정신에 의해 고강도 분해 작업이 이루어지는 것도, 그래서 다음에 또 뛰는 이유도 여기에 있지만, 벌써부터 맥박은 가파르게 뛰고 혈관에는 핏줄기가 솟고 심장 소리는 물레방아소리처럼 거칠게 들리고 땀방울이 등줄기를 타고 흐른다.

8월 25일 101킬로미터 갑비고차 마라톤을 대비한 경기이기에, 오늘 53킬로미터 울트라마라톤 목표시간은 6시간이다. 산술적으로 1킬로를

7분 정도에 뛰면 된다. 내 풀코스 기록이 3시간 48분이니(1킬로미터 당 5분 24초) 시간은 여유롭다. 호흡을 가다듬고 마라톤화 들메끈을 조여 매고 출발점으로 향한다. 잠시 후 오후 4시에 출발한다. 잘 뛰어보자고 팔다리와 배낭에게 정답게 이야기를 건네 본다.

터무니없는 기록 욕심이었다.

혹서기 울트라마라톤답게 온도는 37도를 오르내린다. 주 코스는 안양천과 한강변이나 강바람에서 전혀 시원함을 느끼지 못한다. 온 대지가 찜질방인 듯 열기를 내뿜는다. 이 정도면 가방을 둘러맨 내 체감온도는 40도를 훌쩍 넘을 듯하다. 아무리 물을 먹어도 1킬로를 못 가 목이 타고 머리에 물을 부어도 열기가 식지 않는다. 한 줌 소금을 입에 털어 넣으며 101킬로 뛰는 이들을 멍하니 쳐다본다. 아무 생각도 없고 해도 아무런 의미가 없다. 그저 골인 지점이 나오기를 바라며 걸음을 전진시킬 뿐이다. 마지막 5.7킬로미터라고 그럴 때는 힘이 좀 솟는다. 그러나 가도가도 끝이 보이지를 않는다. ………. 그러고 출발지이자 목적지인 광천구청역 뒤 안양천에 도착했다. 오후 4시에 출발하여 자정이 다 와 가는 11시 39분, 7 시간 39분 만에. 그래도 걷지는 않았다. 아직도 온도는 한낮 못잖게 계속 진행중인 열대야의 이 밤이었다. 난 왈칵 나를 껴 안아주고 싶었다.

마라톤은 내가 겪은 세상 중 참 공평하고 정의롭다. 뜨거운 자연과 자연인인 내가 이유도 조건도 없이 하나가 되었다. 이긴 자도 진 자도 없고 거만한 자도 무례한 자도 없다. 오랜 시간 연습에 연습을 한 자신의 몸만으로 뛴 자들은 결코 겸손을 망각하지 않는다. 내가 마라톤을 하는 이유이기도하다.

혹서기는 실감한다.

〈금천울트라마라톤을 완주하고〉 '울트라마라톤은 신경근 기능의 변화와 관련된 편심성(신장성) 근육 손상으로 인한 심각하고도 특별한 형태의 피로를 일으킨다. 완전히 회복되려면 몇 주에서 몇 달이 걸릴 수도 있다' 『달리기의 제왕』이란 책에는 분명 그렇게 적혀 있다. 인간에게 있다는 고상한 '자유의지(自由意志)'란 말이 꽤 공허하다는 생각을 하였다.

[첨부] 풀코스야 몇 년 되었지만. 울트라마라톤은 이 금천 울트라마라톤이 처음이다. 긴장 안 할 수 없었지만 무사히 마쳤다. 동호회원도 없이 더욱이 53킬로 울트라를 혼자 뛰는데 아무런 불편함이 없었다. 가만 생각해보니 그 이유는 이번 금천 울트라마라톤대회에 참석하고 몇 가지 느낀 점에 있는 듯하다.

1) 참가 선수가 적은 데 비하여 출발부터 종료까지 대회 준비는 알찼다고 생각한다. 물이나 음식, 관계자들의 따뜻한 친절을 느꼈다. 주로에서 마주친 101킬로 뛰시는 분들의 '힘내라'는 몸짓과 인사도 풀코스에서는 볼 수 없는 광경이다. 마치 동호회원들과 함께 뛰듯 편안한 이유가 여기에도 있는 듯하다.
2) 처음 보는데도 내 다리의 땀을 닦아내고 정성스럽게 다리에 테이핑을 해 주신 자원봉사자 분이 계셨다. 땀을 그렇게 많이 흘렸는데도 테이핑은 완벽하게 끝까지 제 역할을 해 주었다. 풀코스에서 늘 느끼는 뒷다리 땡김 증상을 전혀 느끼지 못하였다. 또 내 러닝에 직접 배번을 달아 주신 분도 계셨다. 풀코스처럼 가슴에 배번을 다는 것을 보고는 위쪽에 달면 쓸리니 아래쪽에 달아야 한다 했다. 두 분 모두 경기에 참여하신 것으로 안다. 이름도 모르지만 두 분께 고마움을 표합니다. "고맙습니다."

울트라마라톤을 뛰는 이유

2018. 7. 30. 16:12

"호사가들의 상식을 벗어난 행위"

하루키가 101킬로미터 울트라마라톤을 정의한 문장이다. 산술적으로야 6분 페이스로 10시간 뛰면 101킬로미터이다. 그러나 그것은 미지의 계산에 지나지 않는다. 23년 동안 마라톤을 한 하루키조차 '상식을 벗어난 행위'라 하였기에 더욱 절절하게 느껴진다. '호사가들의 상식을 벗어난 행위'는 아주 절망적이고 암울한 문장이다.

내 몸의 산술적인 햇수는 58년이다. 그동안 주구장창 사용했다. 구닥다리라고 할 수도 없지만 건강하다고는 더욱 할 수 없는 산수 셈이다. 구력이라야 2013년 이후, 일 년에 두 번 풀코스에 도전하고, 두어 달에 한 번꼴은 하프를 뛰었고, 한 달에 보름은 10킬로를 달린 게 전부이다. 42.195킬로미터 이상 뛴 적은 단 한 번도 없다. 엇비슷한 경력이 있다면 군대에서 101킬로미터 행군이 전부다.

울트라마라톤을 뛴 사람들의 글만 읽어도 숨이 턱하니 막힌다. 저들의 풀코스 기록도 대부분 3시간 30분 이내다. 단 한번 3시간 48분을 겨우 뛴 나로서는 처절하게 길에 주저앉을지도 모른다는 공포가 엄습

하는 것도 사실이다. 그런데도 내가 이 울트라마라톤을 뛰고자 하는 이유는 무엇일까? 정말 하루키의 말대로 '마라톤 호사가의 상식을 벗어난 행위'일까?

난 운동신경이 꽤 없는 편이다. 그만큼 강건한 체질과 한참 거리가 먼 체력조건이다. 그렇다고 울트라마라톤에서 기적을 바라는 것도 아니다. 이유를 굳이 찾자면 '정직', '정의'니 하는 도덕박물관에나 안치될법한 글자들을 조우할 수 있어서다. 그렇다. 마라톤은 꽤 정직하고 정의로운 운동이다. 마라톤 동호인들을 보면 많은 사람들에게서 정직이니 성실이란 단어를 쉽게 찾는다. 그들은 그만큼 순수하다. 그들에겐 학연도 지연도 없고 쓸모도 없다.

주로(走路)에서는 누구에게도 의지할 수 없다. 마라톤은 오로지 제 힘으로 뛰어야 한다. 혹 기적을 원한다면 오로지 연습한 만큼일 뿐이다. 자기의 체력을 믿고 노력을 게을리 한 교만한 자는 '교만'이란 두 글자가 꽤 고약스럽고 유감스럽다는 것을 뼈저리게 느낄 것이다. 난 그것이 좋다. 우리 사회에서 교만한 자가 얻는 이득을 곰곰 셈쳐보면 어리석고 못난 자라도 노력한 값에 대한 승수확률이 제법이기 때문이다. 나는 내가 사는 이 세상에서 이러한 확률을 얻은 적이 별로 없다. 그래 노력한 시간이 결과에 비례한다는 것은 꽤 큰 쾌감을 안겨준다. 비록 결승점을 통과하지 못하더라도 노력한 만큼은 뛰었으니 그만한 확률이면 괜찮지 않은가. 더욱이 상식을 벗어난 거리가 아닌가.

내가 호사가도 아니면서 '상식을 벗어난 행위'를 하는 이유는 여기에 있다.

갑비고차 울트라마라톤을 준비하며 (1)

8월 25~26일 갑비고차 마라톤대회를 준비한다. 7월 22일, 34일전이다. 오늘은 훈련의 일환으로 대회복장 차림으로 풀코스를 뛰기로 하였다. 새벽 2시 30분에 기상하여 8시 16분까지. 집에서 출발하여, 인천대공원, 신천리, ……………다시 인천대공원, 다시 인천대공원으로 42.68킬로미터를 달렸다.

얻은 교훈 몇 가지를 적는다.

1) 반팔소매 옷을 입을 것.

2) 너무 천천히 달리지 말 것. 풀코스를 5시간 정도에 맞출 것. 1킬로미터 당 7분 정도의 속도를 유지할 것.

3) 달리며 물을 먹을 수 있도록 빨대 필요.

4) 예비 양말 한 켤레.

8월 4일 서울 울트라마라톤대회 53킬로를 신청하였다.

금천 울트라마라톤 53킬로 완주하다. 시간은 7시간 39분, 더워도 너무 덥더라.

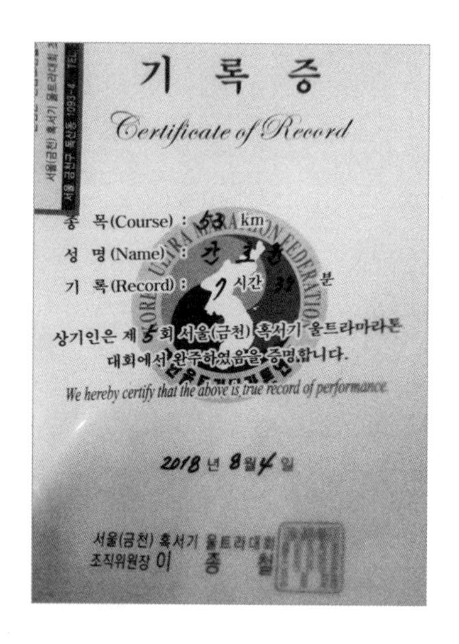

기 록 증

Certificate of Record

종 목(Course) : 53 km

성 명(Name) :

기 록(Record) : 7 시간 분

상기인은 제 5 회 서울(금천) 혹서기 울트라마라톤 대회에서 완주하였음을 증명합니다.

We hereby certify that the above is true record of performance.

2018 년 8 월 4 일

서울(금천) 혹서기 울트라대회
조직위원장 이 종 철

2018년 8 월 12일. 새벽 2시 30분 집 출발—**성주산**(산악을 뛰다)—아침—**소래산**(산악을 뛰다)—**성주**(산악을 뛰다)—서재에 낮 11 45분에 도착. 폭염 속에 뛰었다. 참 더운 날씨다.

갑비고차 울트라마라톤을 준비하며 (2)

강화에서 열리는 '갑비고차 울트라마라톤대회'에 출전하려 한다. 2018년 8월 25일~26일까지 1박 2일 동안 101킬로미터를 달린다.

내 몸의 한계와 정신력 그 모두를 한번쯤 점검해보련다. 사실 42.195킬로미터도 몸의 극한 한계성을 절감하기에는 충분하다. 완주자들의 글을 보니 풀코스를 뛰면 가능하다지만 내가 뛴 것이 아니다. 그저 '말하는 매실' 정도로 귀띔 받는다.

누군가 나에게 물었다.

"왜 마라톤을 하지요?"

난 이렇게 답했다.

"마라톤은 정의로운 운동입니다. 변수가 없는 것은 아니지만 노력한 만큼 성과를 예측하지요. 그러나 세상은 그렇지 않습니다. 세상을 움직이는 이들은 결코 노력에 대한 임금을 후히 쳐주지 않습니다."

그렇다. 마라톤을 하는 이유 중 하나는, '내 노력의 결실을 맛 본다'는 정의로운 결과가 있어서다. (내가 학술 논문보다는 일반 저술에 더 힘을 쓰는 것 또한 동일한 이치이다.)

오늘로 76일 남았다. 그날, 골인지점에 들어올지는 확신할 수 없다. 그렇기에 다짐도 필요 없다. 다만 노력해볼밖에.

한치 앞도 모르는 게 인생사이기에 그때까지 여러 일들도 있을 것이다. 아무 일이 없기만 바랄 뿐이다.

새로운 마음으로 대회를 위해 연습일지를 기록해본다.

6월 10일: 인천대공원+관모산: 약 13킬로를 달렸다. 왼쪽 무릎을 특히 조심해야 한다. 산악훈련을 자주 하지는 말아야 할 듯하다.
6월 14일: 약 6킬로 뛴 뒤 부천공원에서 운동 . 800미터 트랙 10바퀴 2바퀴는 200미터 전력질주로 마침.
6월 18일: 체육관에서 헬스 후, 1시간 1분에 11킬로.
6월 20일: 체육관에서 헬스 후, 1시간 1분에 11킬로.
6월 24일: 강화하프마라톤. 1시간 45분.

7월 13일: 체육관에서 헬스 후, 2시간 30분에 21킬로.(8키로에서 시작하여 천천히 뜀, 그렇다고 지치지 않는 것이 아님. 10킬로에서 시작하여 1킬로씩 올리는 게 적당)
7월 16일: 체육관에서 헬스 후, 30분에 6킬로.
7월 17일: 근력운동.
참가비를 완납했고 '배낭, 헤드랜턴, 휴대용랜턴, 비상등(적색 점멸등), 마라톤화'를 구입하였다. 이제는 최선을 다하여 대회를 대비해야겠다. 술자리는 절대 1차로 줄인다.
7월 18일: 2킬로/근력-10킬로/근력
7월 19일: 21킬로 하프/근력: 2시간 15분
7월 20일: 6킬로 40분/근력
7월 21일: 20분/근력/금천 53킬로 신청
차차 준비되어 감.
7월 22일: 새벽 2시 30분 기상/42.68킬로: 5시 53분

아! 그곳에 내가 있었다

어제 강화하프마라톤을 뛰었다.

이 땅에 태어나 살아가며 솔직히 '인생은 아름다워'라는 말에 동의하지 않는다. "노력 끝에 성공"이니 '이렇게 인생을 살아라' 따위의 글들에 어느 순간부터 고개를 주억거리지 못한다. 적어도 내 삶을 뒤돌아보았을 때 열심히 노력하지 않는 자의 넋두리도 비관론자의 진부한 수사도 아니다. 이 땅에 보통 사람으로 태어나 한낱 서생으로 살아가는 자의 진리 체험, 가끔씩 진저리쳐지도록 사물로서 타자화된 나를 목도하는 그들만의 리그에서

얻은 보잘것없는 수확이요, 가성비 초라한 전리품이다. 상식과 정의와 진리가 그들만을 위한 그들만의 사전 속 어휘임이 명치끝에 박힌 어느 날부터 나는 세상을 믿지 않았다.

그러나 어제, 내 심장은 박동 쳤고 뜨거운 핏줄기는 손등에 퍼런 정맥으로 선명히 솟구쳤다. 지열을 내뿜는 아스팔트를 박차는 발걸음은 힘찼고 굵은 땀방울은 쉼 없이 온몸을 뜨겁게 적셨다. 내 옆을 질주하는 마라토너들의 거친 숨소리 속에 내 숨결도 거칠게 살아있고 대지를 달군 작열하는 태양의 즐거운 울림과 울렁이는 아지랑이를 끼고 질주하는 열띤 바람은 격하게 내 몸을 스치고 지나갔다. 유월의 짙은 밤꽃 냄새와 논배미에 착 달라붙은 새파랗게 여린 벼포기들과 길섶의 이름 모를 꽃들과 돌, 나무, ……. 아! 그곳에 내가 있었다. 그렇게 나는 나였고 이 땅에서 살아갈 만한 꽤 존엄한 인간 중 한 사람이었다. 어제는 살아갈 만한 꽤 유쾌한 아름다운 하루였다.

그러고 오늘, 칼 세이건의 〈코스모스〉를 읽는다. 문득 아래 문장에서 눈길이 멎는다. 뉴턴에게 이 세상은 꽤 아름다운 문장이었던 듯싶다.

> 손을 보일 줄도 알았다. 죽기 바로 전 뉴턴은 이렇게 썼다. "세상이 나를 어떤 눈으로 볼지 모른다. 그러나 내 눈에 비친 나는 어린아이와 같다. 나는 바닷가 모래밭에서 더 매끈하게 닦인 조약돌이나 더 예쁜 조개껍데기를 찾아 주우며 놀지만 거대한 진리의 바다는 온전한 미지로 내 앞에 그대로 펼쳐져 있다."

세상사 이러했으면

2018년 3월 18일 동아마라톤을 대비한다.

3월 9일부터 적당히 금주를 한다.

3월 11일 중앙공원 11바퀴를 돌았다.

나름 식이요법도 한다.

이제 모든 준비가 끝났다. 밤잠은 늘 설친다. 풀코스는 늘 마음을 불편하게 하는 묘한 아우라가 있다.

수많은 사고의 명멸, 고통은 거리와 비례한다. 그러다 보면 저곳에 도착지가 보인다. 마라톤은 정직하고 평등한 운동이다. 훈련시간은 더욱 정직하게 페이스를 이끈다. 패거리도, 편견도, 권모술수도, 내가 가장 싫어하는 사이비도 없다. 프리미엄도 기만도 꾀부림도 없다. 명예도 권력도 없고 패악질은 더욱 없다. 앞서거니 뒤서거니 경쟁은 있으되 이익 독점도 생존경쟁도 없다. 인간으로서 한계상황이기에 교만은 없고 겸손한 내 노력과 나만이 있을 뿐이다. 42.195킬로미터 고통은 있지만 그 고통은 사회적 고통에 비할 바 아니다. 온몸으로 느끼는 순연한 고통은 순수 그 자체다.

A그룹에 속한 마라토너가 E그룹과 함께 뛰는 경우도, 그 반대인 경우도 흔하다. 전자는 연습이 부족하거나 없었고 후자는 연습을 하여서다. (제 아무리 연습을 많이 하였어도 당일 컨디션이 좋지 않을 수도 있다. 또 뛰다 돌뿌리에 걸려 넘어질 수도 있다. 이럴 때는 도리가 없다. 그저 몸에 순응하는 게 상책이다.) 교수, 사장, 변호사, 의사 따위… 한번 차지한 자리를 끝까지 밀고 가는 사회의 계급체계는 통하지 않는다.

모양도 가지가지다. 안쫑다리로 뛰는 이, 앞으로 몸을 5% 기울이고 뛰는 이와 반대로 뒤로 젖히고 뛰는 이, 신음 소리를 내며 뛰는 이와 그 반대인 이, 짝발로 뛰는 이, …, 모두 제 각각이다. 그 누구도 그 자세를 지적질하지 않는다. 약간의 부모 유산인 타고난 체력이란 깜냥도 나이가 들면 아무 소용이 없다. 나날의 연습과 노력만이 걸음걸음 42.195라는 거리를 좁혀준다. 또 세 시간을 기록한 자가 다섯 시간에 들어온 자를 비웃지도 않는다. 두 시간 더 고통스런 시간을 견뎌냈다는 것을 알기 때문이다.

세상사 이러했으면 한다.

3시간 48분, 가장 좋은 기록이다.

아무래도 피 멍든 왼쪽 엄지발톱은 조만간 나와 영 이별할 듯하다.

[Web발신]

간호윤 님 2018 동아일보 서울국제마라톤대회 Full 코스 완주를 축하드립니다. 완주기록은 03:48:53입니다. http://myresult.co.kr/service/certificate/335/30154에서 상세 기록 검색이 가능합니다.

2018년 동아 마라톤 기록증

내 마라톤 넷타임 기록증 가장 좋은 기록이다. 마라톤은 기록은 건타임(Gun Time 또는 Gross Time)과 넷타임(Net Time 또는 Chip Time)이 있다. 건타임은 출발 총소리가 나면서부터 결승점에 들어올 때까지 시간 측정이고 넷타임은 출발점 매트를 지날 때부터 시작하여 결승점에 들어올 때까지 시간을 말한다.

마라톤하고 사는 게 똑같아요

2018년 2월 25일, 날씨가 달리기에 적당하다. 이 정도면 한강변을 달린다하여도 반바지에 반 팔 차림이 좋다.

나도 이제 마라톤 구력이 제법 몇 년 된다. 하지만 하프부터는 가벼운 마음으로 임할 수 없다. 오늘은 32.195킬로미터를 뛴다. 3월 동아마라톤 풀코스에 대비하여 이번에 반드시 뛰어야 몸을 만든다.

더욱이 작년 4월 이후 족저근막염이 발병한 후 기록은 현저하게 떨어진 상태다. 그럭저럭 몸을 추슬러 하프를 지났다. 조금씩 속도를 올려야 하지만 걸음은 나아가지 못했다.

26킬로미터쯤에서 칠순은 돼 보이는 노인을 만났다. 고수다. 노인의 마라톤 폼은 거의 완벽했다. 팔놀림이나 다리 놀림은 물론 곧추선 자세까지. 마라톤을 한 사람들은 자세만 보아도 안다. 마라톤 자세는 사람마다 다 다르지만 자세는 일정해야 한다. 어깨는 크게 흔들리지 않고 팔과 다리는 정확한 속도를 유지해야 한다. 선수가 아닌 다음에는 자세가 보기 좋다고 기록이 잘 나오는 것도, 자세가 나쁘다고 완주를 못하지도 않는다. 사람마다 신체 구조가 다 다르기 때문이다. 마라톤은 그래 자기만의 자세로 뛴다.

그런데 이 노인은 나이 든 얼굴만 빼고 모두 젊은이 못지않다. 이런 분들에게는 참 배울 게 많다.

말을 걸었다.

“어르신, 참, 뛰시는 자세가 좋습니다.”

근 5분은 이런저런 이야기를 주고받았다. 노인은 비교적 늦은 나이에 마라톤에 입문했지만 풀코스만 40회나 뛰었다고 하였다.

“어르신 그렇게 뛰셨는데 무엇을 얻으셨나요?”

노인은 뜻밖의 질문이라는 듯 나를 흘깃 보았다. 그러고는 이렇게 말했다.

“아, 힘들지요. 마라톤하고 사는 게 똑같아요. 그래도 뛰는 것은, 성취감 때문이지요. 아, 이번에도 해냈다는.”

노인은 조금 지치는지 몇 번이고 ‘후우–’ 하고 깊게 숨을 들이마셨다 내뱉었다.

“먼저 가세요.”

“예, 천천히 오세요.”

아침 9시 30분에 출발했는데, 한강에는 어느덧 정오의 햇살이다. 점점이 하얗게 떨어지는 햇살은 사금파리 같은 물비늘을 만들곤 사라졌다.

노인의 말이 자꾸만 따라왔다. “아, 힘들지요. 사는 게. ………”

오늘, 기록을 작년과 비교하여 본다. 6분이나 늦었다. 그렇지만 몸은 작년에 비하여 여기저기 불편하다. 그래도 나는 안다. 3월 동아마라톤을 뛸 것임을.

늘 그렇듯

월미도 알몸마라톤대회,

주최 측에서 대회 중 가장 추운 날이라고 했다.

단 7킬로이지만 출발선에 다시 돌아오니 살갗은 통점조차 찾지 못했다. 불과 2킬로미터쯤부터 그랬다. '이정도 쯤이야' 마법의 주문이라도 걸고 싶었다. 하지만 제 아무리 몸의 주인인 정신이 명령을 하달해도 몸은 통제권 밖이었다. 내 몸의 주인은 더 이상 정신이 아닌 몸이었다. 살갗은 가망 없는 통점조차 그렇게 거두었다.

무엇을 얻고자 뛴 것은 아니었다. 하지만, 난생 처음 뛰어보는 이런 마라톤이다.

늘 그렇듯 마라톤 뒤에는 아무 것도 없다. 올려다본 하늘이 늘 그렇게 하늘이듯이.

그렇기에 아무것도 없다. 뛰었다는 사실밖에는.

그리고 마라톤 일지에 한 줄 더 첨부하였다는 것밖에는.

이렇게 2017년 12월이 간다. 내 마라톤 일지도 여기서 접는다.

내년 이맘때 이 대회에 참석할지는 모르겠다.

내일 일도 모르는데 일 년 뒤 일을 어찌 알겠는가.

춘천조선마라톤을 가며, 그리고 뛰고

묵직한 두려움과 약간의 설렘

'묵직한 두려움과 약간의 설렘'으로 우편물을 열었다. 춘천조선마라톤 용품이다. 배번은 4668 D조에서 출발한다. 작년에 E조였으니 한 단계 올라선 셈이다.

내 마라톤 레이스 경력은 내 나이에 비하여 애송이에 지나지 않는다. 2013년 늦여름이 지난 어느 날 가을이 막 머리를 들이 밀 무렵쯤이라고 기억하니 만 4년째다. 내 나이 이미 50을 넘은 중반에 마라톤을 그렇게 만났다.

사실 모든 만남이 그렇듯 마라톤과 만남은 자의가 아닌, 어쩌다 그렇게 된 만남이었다. 그 해 여름 불어나는 뱃살을 보다 못 해 복싱도장을 찾았다. 왠지 잘생긴 사범 녀석 얼굴에서 불성실을 느낄 때까지는 채 두 달도 안 되었다. 사범은 나에게 선수금으로 받은 수강료를 챙겨 늦여름휴가와 함께 사라져버렸다. 닫힌 복싱도장 문을 권투 글러브로 쳤지만 열리지 않았다.

그때 어쩌다 달리기가 생각났다. 초등학교 때 공을 차며 난 운동신경이라고는 애당초부터 없다는 사실을 절감했고 고등학교 때 당구를 치며 이를 인정해야만 했다. 몸으로 하는 운동(특히 순발력을 요하는 경우)에 관한한 신은 철저히 나를 저버렸다. 군대를 다녀왔지만 지금도 족구는 손사래를 친다. 군대에서 단체로 하는 군무(群舞), 혹은 군무(軍舞)는 그야말로 공포의 대상이었다. 그래도 유일하게 그럭저럭 한 것은 오래달리기였다. 체력장을 하면 반에서 적어도 다섯 손가락 안에는 들었던 기억이 났다. 인터넷 공간에 '부천'과 '마라톤'을 치니 '부천두발로'가 보였다.

42.195km, 2013년 그 해 동네 한 바퀴 부천하프를 간신히 뛰고 춘천마라톤에 따라갔다. 기록은 없다. 다른 사람 배번으로 뛰었고 런닝화에 달아야 할 칩조차 못 달았다. 아니 칩 자체가 무엇인지도 몰랐다. (손에 도장을 찍어주려니 생각했다.) 그래도 6시간 안에 들어왔다고 꽤 득의의 표정을 지은 기억이 아슴푸레하다.

그 뒤, 운동을 꾸준히 하지는 않았지만 매 해 동아와 조선 풀코스를 뛰었다. 조선 기록은 2015년엔 4시간 54분 32초, 2016년엔 4시간 41분 52초이다. (동아 역시 2015년에는 기록이 없다. 제한 시간 5시간을 넘겼기 때문이다. 40km 지나며 보도로 올라가야 했고 기록일 것도 없이 5시간 30분쯤 들어온 듯하다. 2016년엔 4시간 40분 51초, 2017년엔 3시간 58분 30초이다.)

'묵직한 두려움과 약간의 설렘', 성적에 연연하지 않으려하지만 책상물림 선생 심사를 어찌할 수 없다. 뛰다 보면 꼭 내 인생만큼 뛰는 듯해 못내 억울하다는 생각도 드는 게 사실이다. 주변 사람들도 그만 뛰라고 한다. 마라톤을 하고 살이 빠져 볼품없다고 노골적(?)으로 만류하는 친구도 있다. 또 '노력에 비하여 영 기록도 나오지 않는다'는 염치없는 생각도 든다. 5시간을 뛰다보면 '몸에 가하는 고통과 환전할 무엇인가 얻을 게 있다'는 생각도 생각일 뿐이다. 뛰다 보면 아무 생각도 없이 뛰고 또 뛰다 나를 지나치는 주자들을 보면 화가 치밀어 오른다. 그럴 때면 내가 나에게 '에라! 이놈아!' 지청구질도 셀 수 없다. '묵직한 두려움'으로 마라톤 용품 우편물을 받은 이유는 저러 이러한 생각이 들어서이다.

하지만 그래도 뛰는 이유는 쿵쾅거리는 내 심장을 듣는 게 좋다. 내가 살아있다는 필요충분조건을 내 몸이 보여준다. 하프를 포함해 30여 차례 뛰어 한 번도 기권을 안 한 것도 그럭저럭 사줄 만하다. 결승점을 통과할 때 고통이 가뭇없이 사라지는 신기한 경험은 뛰어 본 사람만이 안다. 그 짧은 순간, 주로에서의 고통이 신기루처럼 사라진다. 얻는 게 없지만 분명 무엇인가 얻었다는 그 득의의 웃음은 그때 나온다. 러너라면 누구나 느낀다는 런너스 하이(runner's high)라는 말을 '언감생심'으로 내치면서도, '약간의 설렘'을 느끼는 이유는 여기서 온듯하다.

오늘이 수요일이니 이제 나흘 남았다. 나와 함께 춘마로 갈 옷가지와 운동화를 주섬주섬 챙겨본다. 족저근막염으로 영 부실한 발뒤꿈치도 좀 주물러 주어야겠다.

지금쯤 춘천 호반에는 이미 가을의 전설 바람이 나를 기다리고 있으리라.

2017년 10월 25일

달려가면서 그저 달리고 있었을 뿐

2017년 9월 24일 인천송도국제마라톤대회에 참가하였다. 날씨는 대단히 후텁지근하고 족저근막염으로 인하여 기록도 좋지 않았다. 1시간 53분. 늘 그렇지만 하프코스라 하여 풀코스에 비해 힘이 덜 드는 것이 아니다.

무라카미 하루키의 『달리기를 말할 때 내가 하고 싶은 이야기』를 읽어본다. 러빙 스푼플의 음악을 들으며 달리기를 하는 듯하다. 마라톤을 하는 사람들은 가끔씩 같은 질문을 받는다.

"뛰면서 무슨 생각을 하느냐고?"

답변이 참 궁했었는데 하루키의 책에서 궁한 답을 찾았다.

"아무것도 생각하지 않는다. 나는 달려가면서 그저 달리려하고 있었을 뿐이다."

달리기를 말할 때 내가 하고 싶은 이야기
저자: 무라카미 하루키
출판: 문학사상
발행: 2016.12.15.

마라톤에는 늘 크고 작은 부상이 따른다. 발톱이 뽑히고 물집이 잡히는 경우는 가벼운 부상이다. 나 같은 경우는 무릎통증 → 족저근막염 → 엉덩이 → 사타구니 순으로 깊은 통증이 찾아왔다.

마라톤을 한 지 그럭저럭 5년 되었다. 하루키처럼 글을 묶어 보기로 하였다.

몇 번이나 마라톤을 해보았다고

2013년 10월 6일 첫 하프를 뛰었다.

시간은 1시간 55분 49초, 그해 조선일보 마라톤에 도전하였다. 남의 배번을 달고 뛰었고 그나마 시간은 알 수 없다. 2015년 조선일보 풀코스 기록은 4시간 54분 32초였다.

첫 하프 도전으로부터 4년이 지났다. 2017년 3월 풀코스 기록은 3시간 58분 30초이고 어제 하프 기록은 1시간 39분 13초였다.

내 나이에 이 정도면 괜찮은 (성적인) 듯 싶기도 하다.

사실 이번 겨울방학에는 나름대로 스케줄에 맞추어 꽤 연습을 하였다.

마라톤을 하며 가장 많이 하는 생각은 '이번이 마지막이다. 다음엔 절대 안 뛴다'이다. 꽤 긴 시간을 뛰기에 천변만화의 생각이 있을 것 같은데 생각은 오로지 앞의 한 문장이다. '마라톤을 즐기자'고 스스로 다짐하지만 기록경기이다 보니 이 '즐기자'라는 주문이 영판 맥없다. 10킬로나 42.195킬로 풀코스나 몸의 고통이 극한값으로 치솟는 것은 매일반이다.

흔히들 인생을 마라톤에 견준다. 하지만 인생을 살아가며 만나는 수

많은 고통 따위는 절대적 경지의 고통 앞에서 아예 명함조차 내밀지 못하게 한다. 내 육체와 정신이 얼마나 가난한지를 혹독하게 읽는다.

난 마라톤이란 운동에 찬미가를 봉정치 않는다. 그런데 참 묘한 것은 '다음엔 절대 안 뛴다'라는 생각이 골인 지점을 통과하면 깨끗이 사라진다는 점이다. '묘한 희열'이 몸을 카타르시스 상태로 돌려놓아서다. 다음에 또 마라톤을 한다면 아마도 이 카타르시스라는 야생의 사고(?) 덕분이다.

혹 인생이 마라톤 경주와 같다면 가끔씩이라도 좋으니 피니시라인을 통과하는 '묘한 희열'을 느꼈으면 한다.

글을 쓰다 보니 문득, 늙은 당나귀 같은 노자님의 '지혜출유대위[智慧出有大僞, 지혜가 생기자 위선이 나타난다]'라는 말씀이 생각난다. 몇 번이나 마라톤을 해보았다고 이런 글을 쓰는가 말이다.

세상사가 그러고 보니 꽤나 우습다.

아직도 12킬로나 남았어

2017년 3월 19일 동아마라톤을 뛴다. 나름 준비했다지만 새벽 3시 설핏 든 잠마저 깬다.

그깟 기록에 대한 욕심을 버리면 되겠지만 그렇지 않은 것이 삶인지도 모른다는 생각이다.

모쪼록 준비한 대로만 기록이 나오면, 땅과 바람과 하늘을 벗삼아 그렇게 달리면 한다. 그래 이 시간만이라도 모든 얽매임에서 자유로웠으면 한다.

운동화, 양말, 모자, 번호표, …얘들아! 우리 한번 잘 뛰어보자.

달리기는 다리만이 아닌 몸이 달린다. 상체가 나아가면 다리는 자연스레 따라오게 되어 있다. 잘 달리려면 상·하체운동을 골고루 해야 하는 이유다. 머리서 발끝까지 온몸의 밸런스가 맞아야 리드미컬하게 달린다. 그래 마라토너들에게 웨이트트레이닝(weight training, 근력강화운동)은 필수요, 시합 일주일 전 발톱을 다듬을 때는 세심한 주의가 필요하다. 신발과 수만 번의 마찰을 일으키기에 길지도 짧지도 않아야 해서이다.

이렇듯, 신체 외 요소도 매우 중요하다. 태양을 막아주는 모자, 마찰력을 줄여주는 신발까지 세심한 주의를 기울여야 한다. 실 한 오라기도 몸을 괴롭히고 풀어진 운동화 끈 하나 매느라 달리기 흐름이 깨어진다. 새 마라톤화를 신고 뛰면 거의 발톱이 빠지는 것을, 새 러닝셔츠를 입고 뛰면 재봉 선에 겨드랑이가 쓸려 피를 보고야 만다. 그러니 저 옷가지들에게 인사를 안 할 수 없다.

마라톤 풀코스를 뛰어 본 사람들은 안다. 가장 힘든 곳이 30킬로미터 지점이라는 것을. '아직도 12킬로나 남았어'는 꽤 절망감을 준다. 이 지점에서 가장 많이 생각나는 단어는 "포기"라는 두 글자다. 그러나 6킬로를 지나면 상황은 사뭇 달라진다. 36킬로 지점에 오면 '여기까지 왔는데 까짓 6킬로쯤은'이란 생각이 든다.

늘 우리의 삶은 30킬로 쯤 그 어느 지점에 있는 듯하다. 36킬로는 올까?

여하튼 오늘은 이렇게 간다.

아래는 이번 마라톤을 준비하며 훈련한 일지이다.

달리기훈련법 Training

홈페이지 >> 마라톤 훈련법

3시간30분~4시간내 완주를 위한 14주 훈련프로그램

다음은 3시간 30분에서 4시간대의 기록으로 완주코자는 동호인들을 위한 훈련프로그램이다. 대부분 대회사이트는 카운터다운을 제공하고 있다. 카운터다운의 날짜수가 대회 98일이 되는 날부터 이 프로그램에 따라 훈련하면 부상이나 오버트레이닝의 위험없이 소기의 목표를 달성하는데 도움이 될 것이다.

이 훈련을 실시하기 위해서는 10km정도를 쉬지 않고 달릴 수 있는 기초체력을 지녀야 시작할 수 있다. 처음 시작하는 동호인들은 다른 10km훈련프로그램을 실시하여 근력을 형성한 후 이 프로그램을 실시해야 부상을 예방할 수 있다.

제1주
- 월요일 8km를 가볍게 달림
- 화요일 휴식
- 수요일 10분의 워밍업, 30초 질주 10회실시(중간에 1분씩 조깅으로 휴식), 5분의 마무리운동
- 목요일 8km를 가볍게 달림
- 금요일 휴식
- 토요일 5km대회 참가(25분 목표) 혹은 5km를 24-25분의 페이스로 훈련한다
- 일요일 15km LSD훈련

제2주
- 월요일 휴식
- 화요일 10km를 가볍게 달림
- 수요일 10분간 준비운동, 40초의 언덕훈련 8회반복(언덕을 내려오면서 조깅으로 휴식), 10분간 마무리운동
- 목요일 8~10km를 가볍게 달림
- 금요일 휴식
- 토요일 8km의 지속주
- 일요일 20km를 2시간정도로 달림

제3주
- 월요일 휴식
- 화요일 10km의 지속주
- 수요일 준비운동, 60초 질주 4회, 30초 질주 4회, 각 회수 중간에 1분간 조깅으로 휴식, 10분간 마무리운동
- 목요일 10km를 가볍게 달림
- 금요일 휴식
- 토요일 20분조깅과 스트라이즈(strides)*
- 일요일 10km대회출전 혹은 52분대로 10km달리기

제4주
- 월요일 휴식
- 화요일 10km를 가볍게 달림
- 수요일 10분준비운동, 40초 언덕훈련 8회실시, 내려오면서 조깅으로 휴식, 10분 마무리운동
- 목요일 10km를 가볍게 달림
- 금요일 휴식
- 토요일 20분 지속주
- 일요일 10km대회페이스로 10km를 달림

제5주
- 월요일 10km 파틀렉(fartlek)*
- 화요일 휴식
- 수요일 10분조깅, 40초 언덕훈련 10회실시, 내려오면서 조깅으로 휴식, 10분 조깅
- 목요일 8km를 가볍게 달림
- 금요일 휴식
- 토요일 휴식
- 일요일 24km를 중간페이스로 달림

제6주
- 월요일 휴식
- 화요일 10km지속주
- 수요일 10km지속주(중간에 1분 질주를 10회 반복)
- 목요일 3km를 가볍게, 3km를 빠른 페이스로, 3km를 가볍게 하여 9km 훈련
- 금요일 휴식
- 토요일 25분을 가볍게 달림
- 일요일 10km대회출전 혹은 52분정도로 훈련함

제7주
- 월요일 휴식
- 화요일 10km 파틀렉(fartlek)
- 수요일 준비운동, 1.5km시간주 3회(중간에 4분씩 휴식), 마무리운동
- 목요일 8km를 가볍게 달림
- 금요일 휴식
- 토요일 25분을 가볍게 달림
- 일요일 하프대회 및 15km를 대회페이스로 달림

제8주
- 월요일 휴식
- 화요일 3km를 가볍게 달리고, 5km를 빠른 페이스로, 나머지 1.5km를 조깅으로 마무리
- 수요일 10분간 워밍업, 40초간의 언덕훈련(질주)을 10회 반복, 내려오면서 조깅으로 휴식, 10분간 마무리운동
- 목요일 10km를 가볍게 달림
- 금요일 휴식
- 토요일 20분을 가볍게 달림
- 일요일 29km를 3시간 목표로 달림

제9주
- 월요일 휴식
- 화요일 10km 파틀렉
- 수요일 11km 지속주
- 목요일 8km를 가볍게 달림
- 금요일 휴식
- 토요일 20분을 가볍게 달린다(중간에 몇번의 스트라이즈를 병행)
- 일요일 하프마라톤 출전(1:52분내 골인을 목표)

제10주
- 월요일 휴식
- 화요일 10km를 가볍게 달림
- 수요일 준비운동, 1.5km시간주를 4회 반복(중간에 각각 4분씩 조깅으로 휴식), 마무리운동
- 목요일 10km 지속주
- 금요일 휴식
- 토요일 20분 조깅
- 일요일 하프마라톤참가(1:50목표)

제11주
- 월요일 휴식
- 화요일 8km를 천천히 비포장도로에서 연습
- 수요일 10km 파틀렉
- 목요일 11~12km의 지속주
- 금요일 휴식
- 토요일 30분간 가볍게 달림
- 일요일 32km LSD(3:20을 목표로), 달리기중 음료섭취 등을 시도함

제12주
- 월요일 휴식
- 화요일 6km를 비포장도로에서 천천히 달림
- 수요일 10km 지속주
- 목요일 10km훈련(중간에 2분 질주를 6회 반복하고 각 회수중간에 휴식을 취함). 준비운동과 마무리운동을 잊지말것
- 금요일 휴식
- 토요일 6~8km의 지속주
- 일요일 10~15km대회 참가

제13주
- 월요일 휴식
- 화요일 10km를 가볍게 달림
- 수요일 10km달리기 1분 질주 8회 반복, 중간에 조깅으로 각각 1분 휴식
- 목요일 8km 지속주
- 금요일 휴식
- 토요일 준비운동, 마라톤페이스로 5km훈련, 마무리운동
- 일요일 16km 지속주, 이때 대회와 같은 복장(물통벨트 등)으로 가능하면 대회의 주로에서 훈련

제14주
- 월요일 휴식
- 화요일 8km 지속주, 중간에 1분 질주를 6회 반복
- 수요일 휴식 또는 3~5km를 가볍게 달림
- 목요일 마라톤대회에서 착용할 신발로 20분을 가볍게 달림
- 금요일 휴식
- 토요일 15분 조깅
- 일요일 대회일

매화 필 무렵

올 해도 3월 학기가 시작되고 어김없이 교정에 매화(梅花)가 폈다. 매화는 이른 봄에 핀다. 이른 봄이라지만, 아직은 아침저녁으로 냉기가 천지를 덮고 있다. 그래 예로부터 매화를 아치고절(雅致高節)이라 불렀다. 아담한 풍치와 높은 절개라는 뜻으로 매화의 속칭이며 칼칼한 선비의 비유로도 쓰인다.

매화 필 무렵, 동아마라톤을 뛴다.

살면서도 그렇지만 참 이상한 사실이 있다. 같은 일을 반복하더라도 그렇게 익숙하지 않다는 사실이다. 분명 가방이나 신발, 옷가지는 챙기는 횟수가 늘수록 한결 편하다. 하다못해 수업조차도 자꾸 하면 편해지는 게 사실이다. 그런데 마라톤을 하며 이런 당연한 사실이 더 이상 참으로만 다가오지 않는다.

늘 경기일 며칠 전부터 불안하다. 마라톤을 하며 몸과 마음의 이원화를 분명히 느껴서 그런 것이 아닌가하는 생각이다. 내 몸은 심한 위기를 겪는데 정신은 지속적인 의문을 준다. 개똥철학이겠지만 마라톤을 환원주의로 이해하면 몸과 마음(혹은 정신)이다. 이중 마음이 뒤숭숭한 생각들을 토해낸다. 아주 작게는 '그만 뛰어라'에서 시작하여, '왜 나는 이렇게 못 뛰지'를 지나, '뛰든 안 뛰든 이 세상은 결코 변하지 않아' 따위 고담준론도 제법 찾아준다. 올 해 들어서만 풀코스 4번째인데도 결국 그렇게 풍요로운(?) 생각들로 잠을 설치고 말았다.

광화문은 역시 냉기가 돌았다. 그래도 한낮의 온도를 생각하여 가벼운 옷차림을 선택했다. 몸은 약간의 설렘과 긴장으로 출발시간을 기다렸다. 선수들이 나가고 A, B조가 함께 출발했다. 출발선을 지나며 손목시계 타이머를 눌렀다. 4시간 안에만 들어오는 게 1차 목표다. 청계천 쯤에서 3시간 40분 페메를 따라가기로 했다.

종로 5가를 지난다. 동아마라톤에서 이 구간이 가장 좋다. 대로를 질주하는 선수들에게 연도(沿道)의 시민들은 힘찬 격려를 보낸다. 잘하면 작년 기록을 깰 수 있다는 생각이 들었다. 1시간 48분쯤 하프를 지난다. 아직도 몸은 가볍다. 내 깜냥의 70~80% 정도로 달린다.

천호대로를 지나 군자교를 지나며 몸은 서서히 변화가 왔다. 다리부터 굳어오더니 32킬로를 넘어서며 현저히 몸 상태가 나빠졌다. 수술한 왼쪽 어깨는 묵직하게 눌러댔다. 숨소리는 거칠어지고 심장과 맥박은 긴급하였다. 시민들의 환호도 환청처럼 귓가에 맴돈다. 출구가 보이지 않는 터널로 들어선 듯 시야도 흐릿하다. 나란히 달리던 3시간 40분 페메는 이미 보이지 않는다. 작년 3시간 48분 내 기록도 함께 사라졌다.

'삶도 이렇겠거니'하는 생각을 하며 마음이 몸을 다독인다. 이원화된 몸과 마음의 주도권은 이미 몸이 가져갔다. '그만하자'는 몸과 '넌 오늘 최선을 다하니? 네 삶이잖아'하는 마음이 격렬하게 맞선다. 나에게 인생의 쓴 맛을 보여준 그러저러한 일들이 바람의 노래처럼 나를 스친다.

스펀지대와 급수대를 지날 때마다 머리에 찬물을 부었다. 그럴 때마다 몸은 아직도 남은 냉기와 부딪치며 진저리를 쳤다. 그래도 몸과 마음은 서로에게 잔인한 결별을 선언하지 않았다.

38킬로 잠실대교로 접어들었다. 이제는 걸어도 들어간다. 3시간 50분 페메가 나를 지난다. 드디어 잠실구장 돔이 보인다. 연도의 시민들이 발걸음을 멈추고 격려를 보낸다. 한 발자국, 한 발자국을 고된 일상처럼 내딛는다.

손목시계의 멈춤 단추를 꾹 눌렀다. 3시간 54분! 2019년 3월 17일 매화 필 무렵, 내 삶의 증언(證言)은 그렇게 남았다.

인하대 교정의 매화

만년필에서 볼펜으로

볼펜과 만년필은 필기감도 쓰는 방법도 다르다. 볼펜은 눌러 써야 한다. 대충 쓰나 잘 쓰나 글씨 획은 그저 그렇게 무색무취하다. 단순한 느낌을 주고 필기감은 거의 없다. 장점이라면 다루기 쉽다는 점이다.

만년필은 다르다. 만년필은 절대 눌러 쓰면 안 된다. 펜촉 버리는 것은 물론이고 잉크가 볼품없이 퍼져 글씨가 무지몽매해 보인다. 강약 조절을 잘해야 필획이 세련되고 생동감 있다. 부드럽고 섬세하게 종이 위를 스치면 사각사각하는 소리 하며 생동감 있는 필기감이 여간 좋은 게 아니다. 글씨를 써놓고 보면 우아하기까지 하다. 내가 필기도구 중, 만년필을 선호하는 이유다. 단점이라면 잉크를 넣어야 하는 등 다루기 어렵다.

마라톤도 그렇다. 내 몸을 만년필 다루듯이 부드럽고 섬세해야 한다. 42.195킬로를 뛰려면 몸의 밸런스, 즉 강약을 잘 조절해야 한다. 발걸음도 손동작도 리드미컬하게 적절한 힘의 안배가 필요하다. 이럴 때면 몸은 가볍게 바람을 가른다. 마치 하얀 종이 위에 우아한 필획을 긋는 만년필처럼 말이다. 마라톤은 절대 볼펜 다루듯이 해서는 안 되는 운동이다.

그러나. 꼭 이러한 역접사를 넣어야만 한다. 제아무리 만년필 다루듯 세심한 배려를 하여도 26킬로쯤 가면 온몸은 서서히 볼펜처럼 단순화한다. 지금까지 정신에 의해 지배를 받았던 몸은 더 이상 인내를 감내하지 못하겠다며 으름장을 놓는다. 백지 위를 달리는 만년필의 우아한 필선처럼 대지를 달리던 다리는 경직되고 앞뒤로 흔들던 팔도 겨드랑이에 늘어져 있다. 이쯤 되면 몸이 정신을 지배한다는 엄연한 사실을 받아들여야 한다.

30킬로를 넘으며 몸은 더욱 극한의 세계 속으로 들어간다. 몸이 견딜 수 있는 임계점(臨界點)을 지난다는 신호이다. 10킬로 지점에서 골인 지점에 들어가는 것은 의심 한 점 없는 확신이었다. 몸은 생동감으로 넘치고 손에는 푸른 정맥이 솟고 발걸음은 리드미컬하였다. 그러나 32킬로를 넘으며 확신이 사라진 자리는 절망이 그 자리를 차고앉았다. 이제 골인 지점은 의심으로 엄습한다.

마라톤은 몸과 정신이라는 날실과 씨실로 이루어졌다. 몸이 날실이라면 정신은 씨실이 된다. 이럴 때 몸의 신호를 받아들여 주지 않으면 어떠한 일이 벌어질지 모른다. 몸과 정신의 내면적 질서가 무너졌기에 말이다. 이제는 볼펜처럼 달리는 수밖에 없다. 단순하고 투박하게 골인 지점을 향해 한걸음 한걸음 갈 뿐이다. 만년필의 세계에서 볼펜의 세계로 옮아가는 대로 놓아두어야 한다.

그러고 보니 만년필이나 볼펜이나 필기구는 마찬가지다. 우아하게 고상을 떨며 달리나 단순히 그저 그렇게 달리나 결과는 동일하다.

6. 그적그적

니(네)편 내편

살다보니 참 우습다.
니(네)편 내편을 가리는데,

부부라 하여 너는 내편이라 하고
연인이라 하여 너는 내편이라 한다.
나와 같은 일을 한다 하여 너는 내편이고
같은 취미를 가졌다 하여 너는 내편이고
심지어는 동문이라 하여 너는 내편이란다.
그런데 진짜 내 편은 있는 건가?

양철북

권터 그라스가 지은 『양철북』이란 소설이 있다.

3살로 정신적인 성장을 멈춘 30살 아이이자 어른 이야기.

새해 첫날부터 이 소설이 생각난다.

분명히 나이 한 살 더 먹었는데도 내 인격은 좀처럼 자라지 못한다.

언젠가부터 성장을 멈춘 듯.

마치 문장의 끝,

냉정하게 찍혀버린 마침표처럼.

시간을 멈추는 법

무심결에 들여다 본 블로그, 누군가가 다녀갔나보다.

'공감'이란 표시가 되어 있기에 들어가 보았다. 아래와 같은 글이었다. 그때, 2014년 8월 13일 21시 14분, 멈추는 법이 없는 무간지옥(無間地獄), 업과기시(業果起始)의 시간이 멈췄나보다.

이상한 것은 지금 2017년 6월 8일 9시 27분, 2014년 8월 13일 21시 14분이 내 기억 속에 없다는 사실이다.

'시간은흐른다결코멈추는법이없다.카르페디엠!

2014-08-13 21:14 작성시작

시간을 멈추는 법

시간은흐른다결코멈추는법이없다……………………………

시간이 멈추었다.

지금,

바로,

이 순간.

그날,

바로,

그 순간,

그 추억들이.

무간지옥의 이 시간을 멈추었다.

내 인생의 시간을 멈추는 법.

2014-08-14 08:45 이어쓰기

눈에 밟히던 날

한 때는 온천지가 너이던 때가 있었다.

그날 눈에 밟혔다.

한때 너를 표현할 단어가 없었다.

네가 팍팍한 삶의 쉼표였다.

황표정사(黃票政事)

황색 점을 찍어 올리면
왕은 단지 그 점 위에
낙점을 하는 황표 정사.

가끔씩은,
내 이름 자(字) 위에,
황색 점을 꾸-욱 눌러 줄,
왕이 있었으면 하는 날이 있더라.

소주 두 병

때론 이런 날이 있다.

만만찮은 세상
우스울 때가.
딱, 소주 두 병쯤이면,
난 세상에 가장 행복한 사내가 된다.

잘났다고
설쳐대는 너.
너도, 그리고 너도,
참, 우습다. 딱 소주 두 병이면.
너희들이 사는 게 참으로 우습다.

소주 두 병이면,
'개새끼!'라며 양변기를 부둥켜안던 날.

때론 이런 날도 있다.

목련꽃 잔상

간 밤, 부산한 봄비 소리 지난 뒤
목련꽃은 죽음처럼 목이 잘리었다.

어제는 송이송이 삶인 적도 있었지만
갈색의 몸으로 알 수 없는 길을 떠난다.

삶과 죽음의 진폭(振幅).

번뇌처럼 들러붙는 목련꽃 잔상(殘像).

나

"저런 게 선생이라고."

"간 선생님은 존엄한 분입니다."

"뭘 쓴 논문인지도~"

"우리 국문학계에 의미 있는~"

"또 썼어."

"서른 권이 넘는 책을 쓰셨더군요."

"전혀 얻은 게 없는 수업이다."

"수업을 듣고 삶이 바뀌었다."

"……………………"

"……………………"

나를 고운 눈으로 보는 사람.
나를 미운 눈으로 보는 사람.
나를 소 닭 보듯 보는 사람.

미운 사람 밉고.
고운 사람 곱고.
닭 소 보듯 본 둥 만 둥.

어느 게 나일까?

추사 김정희 선생 당신 초상화에 이렇게 써놓았지.
"나라고 해도 좋고 나 아니라 해도 좋고,
나라고 해도 나고 나 아니라 해도 나지.
나이고 나 아닌 사이는 나라 이를 수 없어.
제석천엔 구슬이 많기도 한데, 누가 커다란 여의보주 속 형상에만 집착하는가!
하하!"

나이고 나 아닌 사이는 나라 이를 수 없어,
사람살이 어둑하여 산란한 마음,
책을 선정(禪定) 삼아 다독이고,
오늘도 깨금발로 나를 찾아 떠나는 나.

사랑

사랑,

그것은 모든 경험과 관념의 틀이 거세된 백짓장.

그것은 풍경의 발견.

그것은 치열한 실존.

그것은 사람의 언어로 정의할 수 없는 불가사의한 감정의 복합체.

연탄재 변증법

연탄재는 다시 연탄이 될 수 없어,
연탄은 연탄재가 아니기 때문이지,
그러므로 연탄재는 연탄이 아니야.

새들이 나는 이유

새들은

뼛속이

비어서

난다.

뼛속이 비어보고 싶은 오늘이다.

가을비가 내리는 2016년 10월의 마지막 가을날

가을비가 가위눌리듯 내린다.

며칠 동안 뉴스만 보고 들었다.

볼수록 보기 싫은 이름들을, 최순실, 우병우, 박근혜, …… 참 많이도 들었다.

그네 타고 노는 꼭두각시놀음들.

악의 폭식(暴食)을 게워내도,

이어지는 토악질을 해대는, 가을비가 내리는 마지막 10월 오늘.

달팽이 같은 울음을,

달라질 것 없는 이 세상에서,

가위눌리듯 가을비가 오는 오늘.

나와 나 사이의 섬

2014년 10월 16일 오전 11시 55분에 저장한 글이다.

내 마음은 주물공장인가보다.

생각만 부으면

미움도

사랑도

낫도

칼도

무엇이든 만들어 낸다.

…………………………………………

오늘, 2016년 2월 16일.

왜 저 글을 써 놓았을까?

나와 나 사이에

섬이 참 많구나.

가난한 꿈

"꿈이 가난하다고
행복이 가난한 것은 아니다."

사람들은 큰 꿈을 꾸라고 한다. 그러나 세상을 살아보면 안다.

꿈을 좇다가 행복을 잃어버리는 사람이 더 많다는 것을.

"사르비아 같은 꽃을 가꾸듯이 가난을 가꾸어라.
옷이든 친구든 새로운 것을 얻으려고 너무 애쓰지 말라."*

* 헨리 데이빗 소로우, 강승영 옮김, 『월든』, 이레, 1993에서 한 줄 옮겨옴.

나무들 유서를 쓰다

나무들 유서를 쓴다.

"내 한 해 잘 살았다."
"그렇게 세월이 갔네."
"다 그런 거지 뭐."
(…하략…)

쉰다섯 쪽, 10월 어느 날.
난 오늘의 유서를 이렇게 쓴다.

"모쪼록 대필(代筆)이 아니었으면."

고전독작가(古典讀作家) 휴헌(休軒) 간호윤(簡鎬允, 문학박사)

간호윤은 순천향대학교(국어국문학과), 한국외국어대학교 교육대학원(국어교육학과)을 거쳐 인하대학교 대학원(국어국문학과)에서 문학박사학위를 받았다.

그는 1961년, 경기 화성, 물이 많아 이름한 '흥천(興泉)'생이다. 두메산골 예닐곱 먹은 그는 명심보감을 끼고 논둑을 걸어 큰할아버지께 갔다. 큰할아버지처럼 한자를 줄줄 읽는 꿈을 꾸었다. 12살에 서울로 올라왔을 때 꿈은 국어선생이었다. 대학을 졸업하고 고등학교 국어선생을 거쳐 지금은 대학 강단에서 가르치며 배우고 있다.

그는 고전을 가르치고 배우며 현대와 고전을 아우르는 글쓰기를 평생 갈 길로 삼는다. 그의 저서들은 특히 고전의 현대화에 잇대고 있다.

『한국 고소설비평 연구』(경인문화사, 2002 문화관광부 우수학술도서) 이후, 『기인기사』(푸른역사, 2008), 『아름다운 우리 고소설』(김영사, 2010), 『당신 연암』(푸른역사, 2012), 『다산처럼 읽고 연암처럼 써라』(조율, 2012 문화관광부 우수교양도서), 『그림과 소설이 만났을 때』(새문사, 2014 세종학술도서), 『구슬이 바위에 떨어진들』(새문사, 2016), 『연암 박지원 소설집』(새물결, 2016년 개정판), 『아! 나는 조선인이다: 18세기 실학자들의 삶과 사상』(새물결플러스, 2017), 『욕망의 발견: 소설이 그림을 만났을 때』(소명출판, 2018), 『다산처럼 읽고 연암처럼 써라』(2차 개정판, 한국경제신문i, 2018), 『연암 평전』(3차 개정판, 소명출판, 근간), 『연암 소설 산책』(소명출판, 근간), 『아! 조선을 독(讀)하다: 19세기 실학자들의 삶과 사상』(새물결플러스, 근간) 등 40여 권의 저서들 대부분 직간접적으로 고전을 이용하여 현대 글쓰기와 합주를 꾀한 글들이다.

연암 선생이 그렇게 싫어한 사이비 향원(鄕愿)은 아니 되겠다는 것이 그의 소망이라 한다.

https://blog.naver.com/ho771

© 간호윤, 2019

1판 1쇄 인쇄_2019년 04월 20일
1판 1쇄 발행_2019년 04월 30일

지은이_간호윤
펴낸이_양정섭

펴낸곳_도서출판 경진
등록_제2010-000004호
이메일_mykyungjin@daum.net
블로그(홈페이지)_mykyungjin.tistory.com
사업장주소_서울특별시 금천구 시흥대로 57길(시흥동) 영광빌딩 203호
전화_070-7550-7776 팩스_02-806-7282

값 16,000원
ISBN 978-89-5996-030-9 03810

※ 이 책은 본사와 저자의 허락 없이는 내용의 일부 또는 전체의 무단 전재나 복제, 광전자 매체 수록 등을 금합니다.
※ 잘못된 책은 구입처에서 바꾸어 드립니다.
※ 이 도서의 국립중앙도서관 출판예정도서목록(CIP)은 서지정보유통지원시스템 홈페이지(http://seoji.nl.go.kr)와 국가자료공동목록시스템(http://www.nl.go.kr/kolisnet)에서 이용하실 수 있습니다. (CIP제어번호: 2019012433)